너울10

전영구 수필집

뒤돌아보면

 구미디어

초판 발행 2014년 4월 1일
지은이 전영구

펴낸이 안창현 펴낸곳 코드미디어
북 디자인 Micky Ahn 편집디자인 정지현 교정 교열 김은아
등록 2001년 3월 7일
등록번호 제 25100-2001-5호
주소 서울시 은평구 갈현로 318-1 1층
전화 02-6326~1402 팩스 02-388-1302
전자우편 codmedia@codmedia.com

ISBN 978-89-94178-91-2 03810

정가 12,000원

뒤 돌아보면

전영구 수필집

작가의 말

살다보면
살다보니
살아야 할 이유가 너무 많다는 생각이 든다.
지남,
지금,
앞날에 대한 잡히지 않는 흐름을 뒤 돌아보니
겨우
실눈을 뜬 신생아의 시각으로
거친 바람 속,
들판에 홀로 서있다는 느낌이다.
더듬거리더라도,
가야 할 길을 가야 하는데…
뒤 돌아보니
될 것 같다.
.
.
.
싶다.

삶의 중간지점에 서서
수필보다 아름다운 마음이 되고 싶은 욕심이 이는 이유를 다스리며 좋은영글

전영구

Contents

2 **모두에게는 사랑**이라는 **이유가**

Contents

—

—

—

4   살다보면 삶의 여정이

Contents

—

—

—

1 무형의 언어는 가슴을 타고

흐른다. 소리도 없이

눈에 보이는 모두는 시간이라는 여유가 티끌을 걸러내고

연륜이라는 호흡이 서서히 가다듬어 주면

잡히지 않는 무형의 언어는 그 가슴을 타고 흐르지 않을까?

한다.

나비

자는듯, 고요하지만 합장하듯이 모은 날개 밑으로 연신 무엇인가를 간구하는 손길은 부지런하다 못해 절실하다. 살짝 드러낸 가냘픈 다리는 백조의 호수를 시연하는 발레리나처럼 날렵해 보인다. 스치는 바람에도 기우뚱하는 걸 보니 몸뚱어리가 새털보다도 가벼워 보인다. 어느 화가의 색감이 이보다 더할까? 몽환적이다 싶을 정도로 현란하면서도 정교한 날개를 착용하고 봄 외출을 나선 나비의 가녀린 몸짓이다.

너울거린다는 표현이 맞을까? 휘적거린다는 표현이 맞을까? 바라보는 시각의 차이일 테지만, 그 우아함은 무엇에도 견주기가 버겁다. 길고도 가는 다리로 여린 꽃잎 가지를 움켜쥐고 긴 더듬이를 이용해 일용할 양식을 구하는 걸로 봐서 생명력 또한 강단이 있어 보인다. 나뭇가지에 알을 낳고, 누에처럼 고치를 짓고, 그 속에서 인고의 시간을 보내고 나서야 부화가 되어 나비라는 이름으로 탄생을 한다는 운명. 변덕도 심해 애벌레에서 다섯 번이나 탈바꿈을 하고서야 조심스러운 비행을 시작한다. 나불거리며 날아다닌다고 해서 나비란 이름이 주어졌다는 통설은 아니더라도 나비의 날갯짓 따라 봄이 온다는 설로 보면 봄의 전령사에게 주어진 이름으로는 제격인 듯싶다.

나비의 種은 15,000여 가지로 헤아릴 수 없을 정도로 많이 있지만 우리들에게는 흔히 분간할 수 있는 몇 가지에 불과하다. 북극 지역을 제외하고는 가장 많이 분포되어 있는 호랑나비가 있고, 농경지나 초원에서 쉽게 볼 수 있는 색깔 그대로 순결해 보이는 배추흰나비도 있다. 봄부터 가을까지 귀여움을 나타내는 노랑나비 등도 있다. 이들이 정보를 수집하는 비행기처럼 하늘을 날다가도 긴 다리를 바퀴 삼아 안착을 하는 곳은 다양하다. 길가의 이름 모를 야생화에서부터 아름다움을 내세우는 꽃이 있는 곳이라면 어디든 마다하지 않는다.

나비와 벌이 먹이 쟁탈을 위해 선의의 경쟁을 하는 어정쩡한 관계라면 꽃과 나비는 어떤 구실로도 떼어 놓을 수 없는 불가분의 관계다. 시각적으로 보나 시중에 공개되는 화보집을 봐도 꽃에는 나비가 있어야 아름다움이 완성되는 것이다. 삶을 지탱하는 주성분을 공급하는 꽃에 대한 나비의 예우는 각별하다. 비록 일방적으로 눌러앉은 형상으로 머물다 가지만 작은 상처 하나도 남기지 않게 조심스러운 이착륙을 하기 때문이다. 비록 생계유지를 위해 꽃을 가까이하지만, 때로는 부지런한 행보로 암술과 수술을 오가며 정분을 이어주는 궂은일도 마다하지 않아 열매라는 또 다른 탄생을 주도해 인간에게 다른 기쁨을 선사하기도 한다.

한껏 차려입은 옷차림에 걸맞게 그들만의 구애 행각도 신비롭다. 시각과 후각만으로 서로에게 신호를 보내 사랑을 확인하고는 평생 단 한 번의 짝짓기를 하고는 수컷은 생을 마감한다고 한다. 화려한 몸짓과 수많은 꽃을 찾아 기웃거리는 변덕스러움과는 달리 지조가 대단하다.

봄비 맞은 꽃잎이 활짝 미소를 지으면 으레 모습을 드러내는 나비는 여느 곤충들과는 달리 사람을 두려워하는 기색이 없다. 그래서인지 가까이에서 세세한 움직임을 관찰하기 위해 지금은 많은 사람들이 앞을 다투어 관람하는 축제의 주연으로 모셔지는 호사를 누리고 있다. 가끔은 밉상으로 분리되는 나방으로 오인되어 거친 손사래를 받기도 하지만, 작지만 우아함이 배인 나비 특유의 매력에 넋을 빼앗기기에 손색이 없어 보인다. 사랑을 얻기 위해, 먹이를 찾기 위해 부지런해야 사는 사람과 다를 바가 없어 보이는 나비의 삶은 조용하지만, 단아한 자태 그리고 과하게 자신을 내세우지 않는 겸손한 행보는 우리네가 본받아야 할 덕목이 아닐까 싶다.

꽃의 의미

간혹 곁에 두고 알게 모르게 혜택을 받으면서 고마움을 모르고 지나치는 게 너무 많이 있다. 평생을 마시며 생명을 유지해 나가는 공기나 물처럼 없어서는 안 되는 것들에 대한 고마움에는 무척이나 인색해 무심하게 지내는 경우가 허다하다. 마냥 무한대로 즐기는 데도 말이다. 그와 반대로 비싼 돈을 지불하는 것에는 감사의 표현을 자주 한다. 그중의 하나가 꽃이다. 사람들은 무슨 일이 있을 때마다 꽃의 힘을 빌려서 자신의 뜻을 전한다. 꽃다발 덕에 연인의 마음을 돌이킬 수 있었느니, 꽃 때문에 아내의 화를 풀었다느니 하며 적지 않은 돈을 지출하면서도 감사해 한다. 우리가 흔히 찾는 꽃, 꽃에는 어떤 매력이 있는 것일까! 아마도 아름답게 피어난 만큼 제 몫의 역할을 하기 때문일 것이다.

지구상에 존재하는 꽃의 종류는 神만이 알고 있다 할 정도로 갈래가 방대하다. 꽃이 세상에 알려진 시기는 대략 1억 2천만 년 전으로 花石의 발견으로 추정할 수 있다고 한다. 알고 보면 역사도 상당히 오래된 식물이다. 학술

상 알려진 종류로만 25만 여종에 달하며 우리나라에는 3,176종에 순수 국내 자생종으로는 593종이 있다 하니 눈에 띄는 몇 종을 제외하고는 몰라도 한참을 모르는 것이다. 축하의 자리에는 흔히 알고 있는 장미와 안개꽃이 들어간 2~3종을 합친 꽃다발을 건네주는 게 어느새 관례처럼 되어버렸다. 그저 당연한 의식처럼 주고받는다.

꽃이 우리에게 주는 영향은 의외로 많이 있다. 그저 관상용으로만 있는 게 아니고 술로 차로 그리고 약용으로도 쓰인다. 매화는 꽃과 열매로 술과 차를 만들어 음용을 하면 숙취와 배앓이에 좋고, 복숭아꽃은 변비와 피부미용에 탁월한 효과를 발휘한다. 이렇게 약효를 감안해 섭취를 하는가 하면 때로는 독을 품고 있어 안심하고 곁에 두기엔 약간의 경계가 필요한 식물이다. 철쭉꽃을 진달래꽃으로 오인해 음용을 했다가 낭패를 입은 경우가 가끔 신문지상에 오르기도 한다. 계절에 따라 간격을 두고 피어나는 꽃은 시각적으로 많은 즐거움을 준다. 꽃피는 춘삼월이라는 봄이면 어김없이 산에는 진달래가 들에는 민들레가 고개를 내밀고, 가을이면 거리에는 코스모스가 청순한 자태로 우리를 맞이한다.

사람에게 이름이 있듯이 꽃에도 하나같이 예쁜 꽃말이 있다. 가령 꽃의 대명사라 불리며 가장 자주 접하는 장미는 사랑, 애정으로 대변되며 대한민국의 국화인 무궁화는 섬세한 아름다움이라는 꽃말로 불린다. 이 밖에도 수선화는 신비, 백합은 순결, 나팔꽃은 기쁨이라는 예쁜 꽃말을 지니고 있다. 꽃이 지는 모습을 유난히 싫어하는 나는 꽃 선물에도 인색하다. 괜한 소비라 생각을 하기 때문에 가급적 꽃다발보다는 다년 식물을 선물하는 편인데 그게 습관이 되어 버렸는지 데이트할 때나, 기념일이 되어도 한 번도 꽃다발 선물을 하지 않아 지금도 아내의 원성을 들으며 살고 있다.

가만히 생각해보면 꽃은 우리에게 많은 것을 베푼다. 싱그러움이나 향기로움 같은 시각적인 혹은 후각적인 것을 빼고도 앞에서 거론한 것과 같이 오해를 풀거나 고백을 하는 데 있어 전령사의 역할을 톡톡히 해내고 있다. 꽁했던 마음이 꽃송이에 녹아내리고 축하의 마음을 대신 전해준다. 그리고 세상을 하직한 망자들에게도 순백의 화환을 바쳐 슬픔을 대신하기도 한다.

꽃을 싫어하는 사람이 있을까? 이 물음에 답은 확실하다. 한 사람도 없을 것이다. 자신의 몸을 내세워 인간의 마음을 즐겁게 하는 꽃이야말로 인간사에 묘약이며 명약이 아닐까 한다. 다만 필 때와 질 때 확연히 다른 모습만 아니라면 조물조가 만들어 낸 최고의 창조물이기 때문이다. 때가 되면 누가 시키지 않아도 스스로 피고 지며 뽐낼 때와 사라질 때를 정확히 아는 꽃이야말로 현 세대를 살아가는 욕망에 사로잡힌 인간들이 본받아야 할 표본인 것이다. 아름다움과 화려함의 상징인 꽃, 비록 삶의 기간은 짧아 우리 곁에 오래 머물지는 않지만 필요할 때 필요한 만큼의 몫을 해내는 꽃은 그 아름다움의 다양성만큼 우리에게 꼭 필요한 역할을 해주고 떠나는 삶의 윤활유인 것이다.

들꽃에 대한 잔상

사람의 발길이 뜸한 길을 걷는 여유는 아무나 느낄 수 없는 신비로움이 있다. 인공적인 것을 배제한 원초적인 모습은 자연의 위대함을 느끼게 하고, 새벽이슬이 살포시 내려앉은 풀잎의 청초함은 첫사랑의 입술을 연상하게 한다. 아무도 찾지 않는 한적한 길에 피어난 들꽃. 누구의 때 묻은 손길도 거부한 순박한 얼굴로 놀람도 없이 자연이 관리해준 민낯을 종종 드러낸다. 이름도 아리송해 때로는 존재의 가치조차 폄하되어 일명 들꽃이라고 불려지는 생명. 그 가치를 아는 이는 그리 많지 않다.

비가 오면 / 꽃대가 서지 / 꽃대가 서면 / 꽃이 피지 / 꽃이 피면 / 꽃이 지지 / 꽃이 지면 / 꽃대만 남지 / 꽃대만 남으면 / 누가 보려하나 / (시 - 들꽃 1 중에서) 아무런 의미가 없어 보이는 들꽃이지만 누구나 고향이 시골인 사람들은 한 번쯤 들꽃을 바라보는 시선이 남다를 것이다. 들길을 따라 친구들과 손을 잡고 뛰어놀다가 지천으로 피어있는 들꽃으로 한 아름 꽃다발을 만들던 추억이 있을 것이다. 가까운 곳에서 만질 수 있고, 마음만 먹으면 쉽게 얻을 수 있는 들꽃. 그들의 존재는 가치를 따지기 이전에 존재 자체만으로 경이롭게 접근을 해야 하겠다.

　들꽃에는 저마다 의미가 있는 이름을 지니고 있다. 호된 시집살이를 견디다 죽음을 당한 며느리 무덤가에 피어났다는 며느리밥풀꽃, 보잘 것 없이 피어난다고 하여 개망초라 불리는 꽃. 알면 흥미를 불러일으키는 들꽃의 이름에는 더욱 더 정감이 간다. 세월이 흘러 들꽃에도 많은 변종이 생기고 외래 품종이 자주 눈에 띈다. 소박한 색깔의 우리네 들꽃과는 달리 외래종은 눈에 띄는 화려함을 내세운다. 이름조차도 외우기 어려운, 시대만큼이나 모든 것이 변해가는구나 하는 쓸쓸함을 느낀다. 자연 그대로 둬야 제 빛깔을 뽐내는 작은 몸짓의 들꽃들이 크고 수려한 개량종에 묻히는 안타까움이 있다. 어린 시절에는 보지도 못한 꽃들이 버젓이 들길을 차지하고 놀라운 번식력으로 자라 토종 들꽃을 밀어내고 마치 자기들이 들길의 주인인 양 행세를 하고 있다. 세심하게 쳐다봐야 방긋이 웃는 소박한 들꽃들의 위기는 그것뿐이 아니다. 들길을 관리한다는 명목 아래 마구 베어버려 오랜 시간을 마주할 수가 없다는 것이다.

　이름이 뭐냐 묻고 싶어도 / 수줍음 많은 그대가 안쓰러워 눈길 돌리고 / 어디로 가려는지 묻고 싶어도 / 눈물 머금은 그대 몸매의 가냘픈 흔들거림에 고개 돌리고 / 한걸음에 달려가 작별인사 전하고 싶어도 / 꽃대만 서있는 그대 운명을 볼까 두려워 발길 돌리고 / (시 – 들꽃2 중에서) 이렇듯 누구의 관심보다는 스스로를 키우고 피워낸 강인함 속에는 외면과 무시를 당하는 아픔이 있다. 속으로 삭이며 살아가다 보니 낮추어진 몸짓이 더 쓸쓸해 보이는 들꽃의 몸사림이 더욱 안쓰러움을 자아낸다. 그러나 늘 가까이에서 손 내밀면 살랑살랑 반가움에 몸을 떨어주는 들꽃의 마음 씀씀이는 고마움의 대상으로 남아야 한다.

어린 시절 뛰놀다 배고픔에 지치면 비상식량처럼 제 몸을 내어주던 들꽃에 대한 잔상은 두고두고 지워지지 않는 기억 속 수채화로 색칠해져 있다. 바라만 봐도 편안함을 주는 들꽃은 삭막한 콘크리트에 갇혀 사는 우리의 마음을 정화시켜주는 역할을 톡톡히 하고 있다. 잡풀이라 불리는 들풀 곁에서 살포시 몸 낮추고 자라는 들꽃의 아름다움은 자태에 있다. 때로는 자연의 엄청난 횡포에도 굴하지 않고 자리를 지키다가 소소한 배풂에는 감사의 미소를 지을 줄 아는 다소곳한 자태가 들꽃이 지닌 영원히 지지 않는 매력이다.

봄

들판 저 멀리에서 피어오르는 아지랑이를 우리는 봄의 전령사라고 부른다. 겨우 내내 두껍게 껴 입고도 추위에 떨어야 했던 가슴을 훈훈하게 해주고, 앞서서 봄이 오고 있다는 세세한 상황을 알리고, 거기에 맞게 대처할 수 있게 사람들의 마음을 자연스럽게 유도한다. 확실하게 보이지는 않지만 느낌과 작은 움직임으로 감지할 수 있게 말이다. 물론 이는 계절에 국한된 것이 아니다. 전쟁에서도 먼저 적진 가까이에 침투해 적의 움직임을 먼저 알려 작전을 승리로 이끌 수 있게 하는 이도 전령사라고 부른다. 이는 인위적인 움직임에 따른 보상이다. 하지만 가장 가까이에서 실생활의 변화를 도와주는 봄의 전령사는 피부로 느낄 수 있는 감성에 의한 것이기에 더 특이함을 가진다.

三寒四溫이라는 계절이 주는 신비는 누구도 거슬릴 수 없다. 때가 되면 인공적인 힘이 없어도 삶의 패턴을 바꾸어 놓는 보이지 않는 위대함이 있다. 봄이 오면 얼어붙었던 땅이 녹아내리고 땅속에 몸을 숨겼던 이름 모를 잡초

들이 서서히 흙을 비집고 나온다. 이즈음에 이르면 가장 먼저 눈에 띄는 것이 여자들의 옷차림에 변화가 온다. 나풀나풀 바람을 타고 흐르는 실루엣이 돋보이는 화려한 꽃빛을 물들인 천에는 한껏 들떠있는 여인네의 마음을 담아내기에 충분하다.

대부분 노랑과 핑크색으로 대변되는 여인네의 옷차림이 봄을 상징한다면 연초록 얼굴로 자신의 존재를 알리는 영양의 보고가 봄의 한편에서 우리들 건강을 지키고 있다. 달래, 냉이를 대표 주자로 내세운 봄나물이 그것이다. 겨우내 말린 반찬에 시들해진 식욕을 끌어올릴 중대한 임무를 띠고 서서히 땅속에서 기지개를 피며 모습을 드러내는 가녀린 연초록 식물에게 우리는 무심히 지나치는 우를 범하고는 한다. 입맛이라는 절대 미각이 필요한 밥상에 누런색 반찬을 밀어내고 푸릇함으로 장식할 봄나물의 존재는 이미 의학에서도 검증했을 정도로 효과가 뛰어나다. 제철에 먹는 나물만 자주 섭취해도 인간에게 부족한 비타민을 충분히 보충하고도 남는다는 것이다.

어린 시절 누이들을 따라 논두렁을 뛰어다니며 캐던 냉이의 향긋함은 요즘 마트에서 판매하는 재배용과의 비교는 절대 불가하다. 시대가 발전하여 하우스 재배가 보편화되어 있어 계절에 관계없이 나물과 과일을 먹을 수 있지만, 영양을 따진다면 제철에 맞게 자란 것을 쫓아갈 수가 없다는 이야기다. 된장이나 조선간장이라고 불리는 우리 고유의 양념장에 버무린 나물이 상에 오르면 햄이나 소시지에 입맛이 익숙해진 요즘 아이들은 왜 밥상에 풀만 올리느냐며 불평을 한다. 그러나 시골에서 자란 나는 향긋함이 콧속을 타

뒤 돌아보면 | 전영구 수필

고 흐르면 침이 서서히 고이면서 마음은 고향 벌판을 달리고 있는 듯한 착각에 빠지고는 한다.

급속한 색의 변화로 느낌을 주는 봄, 봄이 오면 너나 할 것 없이 마음이 싱숭생숭해 온다. 혼자만이 느끼는 가슴의 요동은 아닐 것이다. 괜한 들뜸은 아마도 움츠렸던 가슴속 응어리가 한꺼번에 풀리고 난 후의 나른함이 아닐까 싶기도 하다. 마음의 여유가 주는 기쁨이며 계절의 변화가 전해주는 마음 속 술렁임을 즐길 줄 아는 인간만이 느낄 수 있는 값으로는 정할 수 없는 사치임에 틀림이 없어 보인다.

불청객일까?

누군가 수줍게 창문을 두드린다. 방문자의 실루엣이 왠지 흐릿해 보이는 것이 그리 환영받지 못하는 방문인가 보다. 덜 깬 눈을 비비며 커튼을 여니, 만개한 봄 하늘을 온통 회색빛으로 물들이는 것도 모자라 봄볕에 한껏 자태를 뽐내던 꽃 봉오리를 가차 없이 땅에 내동댕이친 봄비의 방문이다. 이치를 모르는 이 허무맹랑한 불청객의 방문은 왠지 조심스러운 몸짓이다. 모두들 봄 향기에 취해있을 행복을 방해 한 죄 때문일까? 스스로 생각하기에는 겸연쩍은지 소리도 숨죽인 체, 슬며시 창가로 애꿎은 표정의 꽃잎 몇 잎을 디민다.

고개를 돌리면 언제 어디서나 봄꽃의 향연을 만끽할 수 있는 자그마한 기쁨, 여린 바람에도 여울 거리는 꽃잎들의 율동은 황홀 그 자체다. 몸도 마음도 잔뜩 웅크리기만 하던 추위를 이겨내고 살포시 얼굴 내민 봄꽃이다. 돌이켜보면 봄의 시작은 대지를 적시는 비의 배풂으로 많은 이들에게 고마운 눈길을 한몸에 받다가 봄꽃의 만개로 감탄의 시선이 꽃으로 옮겨간다. 결국,

그 빗물로 인해 꽃을 피웠는데도 그 비의 시샘으로 인해 한순간에 지는 얄궂은 이치가 봄비와 봄꽃의 운명인 것이다. 그 운명을 겸허하게 받아들인 꽃의 낙화로 꽃잎이 날리는 거리는 온통 하얀 빛으로 물들어 간다. 꽃비가 내리는구나 하는 착각을 일으킬 정도로 눈부신 꽃잎의 비행이 시작된다. 코트 깃을 올리고 한 손에는 김이 모락모락 피어오르는 종이컵 커피를 들고, 비닐우산을 받쳐 든 자신을 상상하는 일 조차도 어찌하면 봄비가 주는 하나의 보너스일지도 모른다.

아름다운 꽃을 감상한다는 설렘으로 하루를 보내는 많은 사람들의 미간을 찌푸리게 하는 봄비의 방문이 다 미운 것은 아닐 것이다. 겨우내 미뤄두었던 텃밭에 정성을 다해 각종 채소의 씨앗을 뿌려놓은 소박한 마음들에게는 그야말로 단비가 될 것이다. 촉촉한 비를 맘껏 받아 마신 후 앙증맞은 새싹 틔움이 우리에게 주는 기쁨 또한 만만치 않기에 마냥 불만 섞인 눈길을 보낼 수는 없다. 틔우고, 지우고, 다시 틔우는 봄비의 위력은 조물주가 빚어낸 신기한 존재감을 느끼기에 충분하다.

가까운 시골 텃밭을 얻어 상추와 고추 등 각가지 채소를 심고 가꿀 때면 늘 농부가 된 것 같았다. 밀짚모자를 쓰고 나서면 힐끗 쳐다보는 도시인들의 이해하기 힘든 미소가 전해지기도 하지만, 행여 밭에서 채소를 가꾸고 있을 때 갑작스럽게 내리는 봄비가 밀짚모자를 타고 흐르는 운치는 아무나 느낄 수 있는 낭만이 아니다. 툭툭 떨어지며 흙을 간질이다 가도 밀짚모자 테두리를 타고 빼꼼히 매달려 인사를 할 때면 슬며시 손 내밀어 흙으로 범벅이 된

살갗에 그 촉촉함을 선물하기도 한다.

사계절 내리는 비의 매력은 각자 다르지만, 특히 봄비의 매력은 무색, 무취의 무한한 매력을 지니고 있다. 더러는 양념과 같은 존재로 생명에게 도움을 주기도 한다. 먼먼 하늘에서 내려와 한데 모아 흐르는 냇가에 도달할 때면 슬쩍 끼어든 게 미안해서인지 무색의 작은 왕관을 빚어 바치는 고상한 취미를 지니기도 한다. 어쩌면 봄바람에 한껏 부풀어만 있는 환상을 자제시켜 주는 봄비의 다독거림은 꼭 필요한 존재임에는 틀림이 없다.

나에게 불필요하다고 해서 무작정 불청객 취급을 하는 현대를 살아가는 사람들의 섣부른 판단이 고결한 존재의 이유에 티가 되기도 한다. 조금의 여유를 가지고 바라본다면 때 없이 내리는 봄비의 고마움은 가슴을 타고 흘러 다음 계절로 가는 우리에게 정직한 내비게이션 같은 존재가 되기도 한다.

창문을 열어 본다. 베란다를 조금 적시더라도 수줍은 방문자를 가까이에서 맞이하고 싶다. 작은 풍란을 하나 들어 슬며시 빗줄기를 맛보이니, 금세 흐늘거리던 줄기가 싱그러운 녹빛으로 눈인사를 한다. 눈도 마음도 행복으로 전환시켜준 반가운 불청객의 방문은 나로 하여금 배려와 이해라는 값진 교훈을 주기에 새삼 그윽한 눈길을 주기에 주저하지 않는 여유까지 건네주고는 홀연히 사라진다. 다시 돌아온 봄의 전령인 봄비, 그의 갑작스러운 방문에 살짝 살갗에 돋았던 소름조차도 정겨운 지금이 행복하다.

물안개 스민 수종사

흩뿌리듯 내리는 비가 만들어 낸 물 안개가 숲 속을 가득 채우고 있다. 분명 눈앞에 펼쳐져 있는데 손 내밀어도 잡히지 않는 물안개가 몽환적인 경치를 만들어 내고 있는 것이다. 숲을 은폐하듯이 덮어놓아 한 치 앞을 볼 수 없다는 건 당장은 답답하기도 하지만, 그 반대로 보이지 않는 곳에 펼치질 풍경에 대한 궁금증을 자아내기도 한다.

모처럼 여행길에 불청객처럼 따라다니는, 추적거리는 날씨를 원망하며 길 옆에 펼쳐진 아슬아슬한 절벽을 바라본다. 기왕 나선 길, 뭔가 색다른 볼거리가 있겠지 하는 막연한 기대로 액셀을 힘차게 밟았다. 비 내린 산길은 예상대로 운전하기가 녹록하지가 않았다. 좁고도 비탈진 길에서 만난 차들은 그래도 여행이라는 여유로움이 있어서 그런지 쉽게들 양보를 하며 지나가고 있었다. 구불거리는 길을 한 참을 오르니 딱히 주차장이라는 안내 표시는 없지만 타고난 감각으로 차를 세우고 주차를 한 후, 우산을 꺼내 들었다.

푸르른 나뭇잎들이 비에 젖어 더 푸른 생기를 내품어 숨쉬기에 무척 편안함을 준다. 젖은 흙과 작은 자갈로 뒤섞인 보행로는 아스팔트에 시달린 발바닥을 상쾌한 지압을 해주는 효과와 더불어 시각적인 여유까지 덤으로 준다. 더러 비에 파인 길을 건너뛰고, 갑작스럽게 만들어진 거친 물길을 피해 걸었다. 큰 키를 자랑하는 소나무 위에서 낭랑한 독경소리가 들려온다. 고개를 들어 경치를 살피는데 불이문不二文이 보였다. 목적지가 가까이 있음을 느껴도 자욱한 물안개가 그 실체를 감추고 있어 신비스러움은 발걸음에 서두름의 채찍을 가하고 있었다. 좁지만 정갈하게 만들어진 돌계단이 빗물에 씻겨 반들반들 윤이 흐른다. 그 계단을 따라 조금은 힘이 들지만, 조심스럽게 한발 한발 올랐더니 고즈넉하게 자리 잡은 사찰이 눈에 들어왔다.

조선 왕조 세조 임금께서 금강산을 유람하고 양수리에 들러 야경을 감상하시던 중 어디선가 종소리가 들려왔다고 한다. 신기한 마음에 다음날 살펴보니 바위에서 물방울이 떨어지는데 그 소리가 종소리처럼 들렸다고 한다. 그리하여 세조는 1460년 그곳에 절을 짓고 이름을 수종사水鐘寺라고 명하여 지금에 이르렀다고 한다. 근래에 다녀본 사찰치고는 규모가 그리 크지는 않지만 아기자기함과 웅장함을 함께 보여주는 위엄이 있어 보였다.

물안개는 여전히 경내를 가득 채워 마치 한 꺼풀 천을 벗겨 내면 한 장면이 나타나듯, 경내의 건축물들이 영화에서나 본 듯한 장면을 연출하고 있었다. 오래된 기와의 틈새를 파고들어 삐죽이 고개 내민 들풀도 낯선 이방인의 방문에도 생글거리며 바라보고, 처마에 대롱대롱 매달린 거미줄은 투명의 물진주를 주렁주렁 달고 신비한 자태를 뽐내고 있었다. 조용한 경내를 지나

뒤 돌아보면 | 전영구 수필

작은 문을 나서니 수령 500년에 키가 35m나 된다는 보호수가 우산 역할을 톡톡히 하고 있었다.

웅장한 나무 밑에 아내를 세우고 사진을 찍었다. 수채화 같은 그림은 찍히는데 왠지 인간의 왜소함이 한눈에 들어와 피식 웃음이 났다. 오후로 접어들어 발길 드문 산사 안에 찻집이 있어 문을 두드렸다. 샛문을 연 찻집 보살님은 편한 복장의 우리를 보고는 눈짓을 한다. 눈짓을 따라 옆문으로 갔더니 양말 한 짝을 건네준다. 영문을 몰라 서둘러 신고 들어서는데 간혹 우리처럼 불교신자가 아니어서 사찰 법도를 잘 몰라 편한 복장을 찾는 이가 있어 준비해 놓는다며 웃음을 지어 보였다.

장지너머로 보이는 물안개는 여전히 시야를 가리고 가물가물 들리는 독경 소리에 차향이 어우러졌다. 극락이 따로 없어 보였다. 말소리조차도 조심스러운 분위기 속에 뒤에 앉은 범상치 않은 복장의 아저씨가 하신 말씀이 귀에 쏙 들어왔다. 불가에서는 채소를 씻을 때에도 마구 흔들어 씻지 않으며, 촛불을 끌 때에도 입김을 불어 끄지 않는다고 한다. 그 이유는 인간들의 눈에는 보이지 않아도 그 속에는 무수한 생명들이 있어 그들이 상처를 받지 않도록 배려를 하는 것이라 한다. 천주교 신자인 나도 그간 경솔했던 행동거지의 무지함을 깨우치게 하는 말씀이 아닌가 싶어 절로 고개가 숙여지는 대목이었다. 괜시리 분위기에 주눅이 들어 서둘러 차를 마시고 일어서며 얼마냐고 물었더니 찻값은 스스로 불전함에 넣으라는 미소의 손짓에 믿음과 배려를 느낄 수 있었다.

수종사 경내에서 가까이 보인다는 두물머리는 물안개라는 자연의 커튼이 가리고 있어 볼 수는 없었다. 그러나 강을 타고 흐르는 물살의 흐름은 느낄 수 있는 마음의 다스림을 얻은 하루가 아닌가 싶었다. 산길에 들어설 때, 아내의 손을 잡고 한 우산 속에 있음조차 어색해서 사진을 찍는다는 핑계로 이리저리 다니며 멀리했지만 내려오는 길은 아내와 어깨가 닿는 것이 자연스러워 짧은 산길이 조금 원망스럽기도 했다. 물안개 스민 수종사를 다녀온 날은 아내와 나에게도 더한 사랑이 스민 것 같아 휘휘 저어도 사라지지 않는 물안개에게 감사의 합장을 해본다.

오월의 바람, 그리고 바람

볕 사이로 비집고 들어 온 하늘거림이 새삼 반갑다. 빛에 시려 흔들리는 눈가를 더 흔드는 심술조차도 정겨운 까닭은 아마도 계절이 주는 여유로움이리라. 지나온 계절이 무언가 새롭게 시작한다는 초조함에 허덕였다면, 이제는 조금 돌아보며 걸어도 괜찮을 여유가 생긴 것이다. 일 년 중에 반으로 접어드는 시기에 서서히 지쳐가는 어깨를 슬며시 밀어주는 배려는 오월의 바람이 지닌 매력이다.

오월이 오면 들이나 산, 눈에 띄는 어느 곳이든 눈길을 보내도 싫증이 나지 않는다. 꽃을 한 아름 매단 나뭇가지들이 멈춘듯하면서도 살며시 스쳐가는 바람의 떠밀림 따라 리듬을 타는 과하지 않은 율동이 더없이 아름다워 보이기 때문이다. 눈앞에 펼쳐진 채색된 나무나 꽃들이 신비로움을 자아내고 있다. 이 모두는 누구의 도움도 없이 자란 듯싶지만, 오월이 가져온 바람의 신비로 더 할 수 없이 화려한 색깔로 치장을 하게 된다. 저마다 개성에 맞는 몸짓을 하고 싶어도 불어주는 바람이 있어야 가능하다. 수줍은 몸짓, 그 하늘거림이 눈앞에 펼쳐지는 장관은 누구나 탄성을 자아내게 한다.

오월에 부는 바람으로 인해 봄내 땀 흘린 노력의 결과물이 더 튼실해져 가는 모습을 바라보는 기쁨의 눈길이 행복해 보여 더 행복하다. 부끄러움도 없이 마음껏 활짝 웃는 꽃들의 과시는 뭐든지 더해도 부족하다. 향긋함이 코끝을 자극하고, 그 향기 따라 부지런히 날아드는 나비, 벌들의 유영은 새삼 삶의 의지를 다지게 한다.

오월의 바람은 만물 상자처럼 많은 것을 담아 세심하게 골고루 나누어 준다. 그리고는 떠나야 할 때가 되면 한 치의 후회도 없이 자신의 존재를 거두어 간다. 결실의 기쁨은 다음 계절에게 양보를 하는 겸손한 미덕을 보여주는 것이다. 드러나지 않고, 스침으로도 자신의 존재를 알리는 색다른 매력을 지닌 오월의 바람은 얇아진 옷깃만큼이나 삶이 주는 무게를 조금이나마 덜어주는 고마운 동행이기도 하다.

들녘이나 산야에서 자연의 활력이 있다면, 아이들의 싱그러운 미소가 엄마, 아빠의 눈빛 속으로 들어와 맘껏 뛰노는 행복한 계절이 또 다른 오월의 모습이다. 사계가 늘 푸른색을 지닌 것이 우리의 하늘이지만, 오월은 특히 더 맑고 짙은 푸름을 전해 주어 꿈을 꾸고 사는 아이들에게는 최적의 계절인 것이다. 무엇이든 부족함 없이 누리고 자라 그들이 머릿속에 그리는 미래를 맘껏 펼치는 바람이 부풀기 때문이다.

조건 없는 부모의 사랑을 흠뻑 받고 올곧게 자란 아이들이 어버이를 공경하며 섬기는 이치가 당연지사로 여겨지는 바람, 이런 바람이 새삼스러운 건 아니지만 아주 소중하게 여겨지는 오월이다. 손에 손잡고, 가족의 온기를 느끼며 행복이 동반된 콧노래가 가장 어울리는 오월, 언제든 쉽게 다가와 슬며시 어깨를 감싸주는 든든함이 고마움을 느끼게 한다. 평생 얼굴을 마주하고 가슴 비비며 살아가는 우리들에게 조그마한 바람이 있다면 아마도 서로를 배려하는 마음을 키우는 일일 것이다.

계절의 흐름과 동시에 자연의 이치를 깨닫는 순서를 가르치는 현명함을 알려주는 오월, 발길 끊어진 냇물을 이어주는 디딤돌과 같이 계절 사이를 무리 없이 이어주는 오월을 지내다 보면 새삼 어릴 적 소풍 길에 따라나선 엄마의 한복을 스치는 바람이 느껴진다. 엄마의 입김 같았던 오월의 바람, 그만큼의 포근함을 느꼈던 그 느낌을 내 아이에게 그대로 전해주고 싶은 간절한 바람이 있다.

맑고 따뜻하게 불어오는 오월의 바람을 한낱 계절의 상징이라고 생각할 수도 있다. 하지만 오월의 바람은 꿈과 희망을 키우는 젊음의 숨결이며 그리움의 손짓이다. 너그러운 행보, 잔잔하게 파고드는 오월의 바람을 맞고, 가슴속에서 여물어져 가는 바람을 이루기 위해 조금은 서두름이 깃든 걸음을 재촉해야겠다. 그리고 조금 더 가슴을 열어야겠다.

비 이야기

안경 너머로 쉼 없이 내리는 빗줄기를 바라보면 왠지 모를 상념에 젖을 때가 있다. 이유도 없이 기분은 한껏 가라앉고, 심란한 눈길은 멍하니 한 곳만 바라보다 초점을 흐리게 된다. 넋 나간 사람처럼 자신을 추스르기에도 벅찰 때에는 음악을 감상하며 차 한 잔을 마시는 평범함은 거부한다. 비 내리는 거리를 미친 듯이 달려 나가 그동안 묻어두었던 가슴 속 응어리를 털어버릴 짐승 같은 포효도 때로는 필요할 때가 있다.

비가 주는 존재감은 때에 따라 여러 얼굴로 그 모습을 드러낸다. 때로는 격렬하게, 때로는 기척 없이 다가서는 투명의 액체는 우리네 삶의 드라마에서 없어서는 안 될 명품 조연 역할을 하기도 한다. 비는 삶의 동선에 어김없이 나타나 고집스럽게 낙하하며 사람의 감성을 더 무너뜨리고, 더 절실해지는 가슴앓이를 만드는 알 수 없는 힘을 지니고 있다. 사랑하는 연인과의 이별이 주는 안타까운 눈물 위에 슬며시 다가와 빗물로 희석해주는 센스도 있지만, 돌아서는 연인의 뒷모습을 더 초라하게 만들어 아픔의 고통을 증가시키는 노릇을 톡톡히 하는 게 비가 지닌 다양성이다.

누구나처럼 예민한 시기에 찾아온 이성과의 만남 이후, 방과 후면 우연한 만남을 가장하려고 시내 제과점에서 마냥 기다리던 때가 있었다. 그러나 어긋난 만남에 원망만을 남기고 제풀에 지쳐 터벅터벅 빗길을 거닐어 집으로 돌아오던 때는 옷깃을 적시는 비에게 원망의 눈길을 보냈었다. 돌아와 잠 못 드는 밤이 찾아오면 비가 만들어준 김 서린 유리창 캔버스에 수줍은 미소 머금은 얼굴을 슬며시 그렸다 지웠던 아련한 추억이 있다. 추적거리 듯 내리는 비에 젊음의 열정을 흠씬 적시고 나서야 조금이나마 해갈이 되던 그 시절에는 비닐우산 속 입맞춤은 꼭 한번 해보고 싶은 선망의 대상이었다. 대나무살이 드러난 찢어진 우산을 멋처럼 들고 다니던 치기는 젊음만이 느끼는 비에 얽힌 낭만 그 자체였다.

중년의 나이에 비가 내리면 애주가들은 으레 파전과 동동주를 떠올리며 한잔할 친구를 찾는다. 삶의 여정에서 지치고 피곤한 심신을 내리는 비에 잠시 흘려보내고, 살기가 어렵다는 공통의식에서 벗어나 슬며시 가슴 한편에 숨겨 두었던 아픈 사랑의 기억을 되돌려 술잔에 담긴 추억을 마시는 것도 비가 주는 일종의 보너스일 것이다. 이루어졌건 이루지 못했건, 약간은 자신의 입맛에 맞게 미화시킨 러브스토리를 주거니 받거니 하다 보면 아직은 마음속 감성마저 메마르지 않았다는 위안이 걷는 걸음에 힘을 실어주고는 한다. 레인 코트 깃을 올리고 가로수 길게 늘어진 길을 걷는 모습이 멋져 보이는 까닭은 아직 가슴속에 낭만이라는 청춘의 피가 끓고 있는 것과 같은 맥락

일 것이다.

　슬며시 다가와 넘치도록 건네 부담을 주거나, 타는 목마름을 더 애타게 만드는 느긋한 비를 향한 마음은 기쁨 아니면 슬픔이라는 극단적인 평가보다는, 무언가 편치 않음을 시원하게 씻어준다는 의미로 해석을 하면 좋은 감정으로 대할 수가 있을 것이다. '눈 같은 사람보다는 비 같은 사람이 되라'는 말이 불현듯 생각이 난다. 어느 인연으로든 사람과 사람이 스쳐 지나가더라도 헤어진 후에 지저분함을 남기는 눈보다는 깨끗함을 남기는 비 같은 사람이 되라는 조언이었다. 되돌아보면 얼마만큼 찌꺼기를 남기지 않는 삶을 살 수 있을까? 하는 의구심이 들 때마다 비가 지닌 투명한 순수를 부러워하고는 한다.

　비는 손바닥을 간질이는 부드러움을 지닌 티 없이 맑은, 소리 없이 스며드는 연인의 속삭임이다. 또한, 지친 시각에 잠시 휴식을 안기는 자연이 비춰주는 고마운 스크린이다. 오늘도 비가 내린다. 낮은 소리의 몸짓으로 대지를 적시고 있다. 가벼운 우산을 받쳐 들고 한참을 걸었다. 우산살을 타고 물방울로 떨어지는 빗방울이 가로등 불빛에 반짝이고 있다. 조용한 동행이다.

가을이라는 것은

바람만 불어도 머리카락이 송곳 하게 솟는 기분이 전해진다. 흔들리는 잎새만 봐도 잔잔하던 맥박이 불규칙하게 뛰고 있다. 지는 노을만 바라보고도 왠지 가슴 한 켠이 공허해 오는 것은 한 해를 서서히 보내줘야 하는 길목, 가을이라는 이름이 주는 계절병이다. 이유를 알 수 없으면서도 해마다 느껴야 했던 증세, 한 해가 곁을 지나갈 때마다 느끼는, 더러는 느껴야 존재를 알 것 같은 난해한 기분은 가을이 건네는 묘한 매력이자 쉽게 헤어나지 못하는 딜레마이기도 하다. 하루 전만 해도 시원한 바람을 찾다가도 그 하루가 지나면 따스함을 찾아 옷깃을 여미는 인간의 간사함을 본다. 이어서 눈앞에 구르는 낙엽의 행렬을 보고 있자면 자신도 모르게 가슴속이 먼저 움츠러든다. 가을을 전신으로 느끼고 있는 까닭이다.

자전거를 타고 들길을 달리다 보니 시월 끝자락인데도 아직까지 소멸 여행을 떠나지 못한 민들레 겹씨들이 이 빠진 모양새로 듬성듬성 자리를 잡고 있다. 작은 냇가에 병풍처럼 늘어진 버드나무는 미처 단풍이 들새도 없이 떠나간 잎새들의 출타로 엉성한 뼈만 드러내고 있다. 몇 주 전만 해도 푸른 솜털 하늘거리던 강아지풀도 어느새 노년의 중턱을 넘어 구부러지고 누렇게 바랜 몸뚱아리 추스르기에 급급한 모습으로 하루를 근근이 이어가고 있다.

시월에 들어서면 잎새들은 저마다의 색깔로 변신을 꾀하며 화려한 패션쇼를 연출하고는 한다. 우리는 본시 가슴이 뜨거운 민족인지라 가을이 오면 산으로 들로 붉은 빛깔을 찾아 무리를 지어 다닌다. 핏빛이 출렁이는 산자락에는 마치 허가라도 받은 듯 자연스럽게 인간의 무리가 군림을 한다. 그리고는 마치 자신의 정원이라 착각을 했는지 들꽃을 마구 뜯거나 짓밟고 들어가 의기양양한 얼굴을 하고 자신의 추억 속에 영원히 남기려 갖은 포즈를 취하며 사진 찍기에 혈안이 되어 있다.

황금 빛깔을 띤 들녘에는 기계들의 포효소리가 들려오지만 그래도 그곳은 질서가 있고 배려가 있다. 기계가 부지런히 훑고 지나가면 정적이라는 선물을 준다. 그들이 지나간 빈 공간에는 모가지 늘어트리고 연신 땅을 헤집고 식량을 찾고 있는 참새, 두루미 등 각종 조류들의 생존의 터전이자 휴식 공간을 제공한다. 이렇게 가을은 여러 모습을 연출하며 우리 곁을 지나가게 된다.

가을이 주는 감정의 굴곡은 삶의 여정에도 있다. 어린 시절 같이 살던 누이들이 시집이라는 운명을 안고 재를 넘어가면 한동안은 볼 수 없었던 슬픈 계절이 꼭 가을이었다. 아마도 추수를 끝내고 그나마 곳간이 풍족할 때 하나씩 떠나보내는, 어찌 보면 이별이 자연스러운 계절이 아니었나 싶다. 물론 소풍이나 운동회는 말할 것도 없지만, 텅 빈 주머니가 조금은 두둑해지는 추석이라는 기쁨을 끼고 있는 계절 또한 가을이기도 했다. 아름다운 추억을 고이 간직했다가 어김없이 돌려주는 계절이 주는 기쁨은 가을이 되어야, 가을이어야 느낌이 충만한 하나의 행복으로 다가온다.

가을은 어김없이 우리 곁을 오고, 또 떠나간다. 나에게 가을이라는 이름은 성숙으로 가는 파고가 심했던 힘든 과정 속 과목이었다. 지금은 여유를 갖고 가을을 바라보지만, 한때는 열병처럼 힘겹게 보내야 했던 계절이었다. 떠올리기조차 싫은 감정의 몰락이 꼭 가을이라는 정점에 와서야 더욱 괴롭히는 것은 이유가 있을 듯싶다. 아마도 푸름으로 풍성했던 눈앞에 보이던 모든 것이 너무도 쉽게 사라져버리는 허전함과 무관하지 않을 것이다.

예민하던 시기의 감정의 무게와 중년에 들어선 지금 느끼는 감정의 크기는 분명 다를 것이다. 그러나 가을은 허전함을 남기던 추억 속 흔적이 더 많이 남아 있어 이 계절을 보내기에 그리 편하지 않은 건 사실이다. 가을이 주는 선입견에 휘말려 지레 두려워하는 점도 부정하지는 못하겠다. 오기도 전에 미리 두려워하고, 가려 하면 쉽게 보내주지 못했다. 그 같은 마음의 요동은 언젠가 더 연륜이 쌓여 내 삶에 여유가 생기면 아마도 지금보다는 더 그윽한 가슴으로 가을을 맞이할 수 있을 것 같다. 가을이라는 능선에 서서 무념의 가슴으로 손을 흔들며 말이다.

蓮의 일생

그리 맑지도, 넓지도 않은 호수에 평온을 깨는 움직임, 아직은 온기가 느껴지지 않는 물 위를 소리 없이 가르는 바람이다. 누가 부르지 않아도 봄이 오면 부쩍 잦게 찾아와, 오가다 눌러앉은 온갖 오물들을 한꺼번에 몰아내고 의기양양하게 다음 행선지로 향한다. 한차례 진통이 지나가고 다시 평온을 찾은 물가에는 눈 비비고 봐야 존재가 느껴지는 생물들이 주인 없는 공간을 조심성 없이 지나치며 신경을 건드려 놓는다. 침묵을 깨는 물 위 생명들의 노크소리에 웅크렸던 몸을 펴고, 긴 겨울잠에서 벗어나 새의 혓바닥만 한 얼굴을 세상에 내민다. 함께 살을 맞대고 냉기를 이겨내던 동료들도 앞을 다투며 세상의 빛을 따라 고개를 들어 자신의 존재를 알린다.

유독 짙은 녹색으로 옷을 차려입은 여린 줄기는 蓮의 줄기다. 성장판이 남다른 탓인지, 피어오르기만 하면 하루가 다르게 키재기 놀이를 하듯이 쑥쑥 자라 오른다. 이불 걸린 빨랫줄을 받쳐 주는 장대처럼 튼튼한 몰골은 아니어도, 간혹 시비를 걸어오는 바람의 심술에는 까닥 고개를 흔들어 주며 생글생

뒤 돌아보면 | 전영구 수필

글 웃음을 건네는 여유가 있다. 눈만 뜨면 모가지 길게 빼고 누가 자기보다 큰지, 어정쩡한 몸짓으로 살피는 꼴이란 차라리 우스꽝스럽기까지 하다. 비좁은 삶터에서 아옹다옹하는 다툼도 있으련마는, 위성 안테나처럼 넓적한 얼굴을 펴고 방향은 각기 달라도 하늘을 우러러 섬기는 모습만은 기특해 보여 웃음을 띠게 한다.

뿌리가 어렵게 빨아올린 영양분을 먹고 하는 일 없이 하루 종일 외모나 가꾸는 게으른 蓮들에게도 고급스러운 여가를 즐길 때가 있다. 자주는 아니지만, 뺨을 때리는 여름비의 무례만 참고 견디면 아름답고 영롱한 투명의 구슬을 엮어 치장을 하는 것이다. 때론 바람의 심술에 손바닥 위에 놓고 고이 아껴온 보석을 빼앗기는 수모를 당하지만, 조금의 기다림으로 인내한다면 다시 물기를 돌돌 말아 많은 보석을 간직할 수 있는 혜택을 누리기도 한다.

꽃봉오리가 살포시 솟아오른다. 더한 화려함으로 치장의 시작을 알리는 것이다. 녹빛으로 펼쳐진 캠퍼스에 연지곤지를 찍는 형상이다. 화룡점정畵龍點睛이다. 변덕 심한 여인처럼 수시로 가슴을 열고 닫는 행위를 일삼으며 일명 밀당(밀고, 당기기)을 하는 밉상은 아니지만, 뭇 생명체들의 구애에는 아랑곳없이 도도함에 취해 산다. 가끔은 과한 자아도취에 기생 춤사위처럼 겉옷을 한 꺼풀 씩 벗어던지는 추태도 부리지만, 조롱보다는 우러러보는 눈길을 의식해서인지 어둠이 내리면 옷깃을 단단히 여미는 정조를 보인다.

화무십일홍花無十日紅이라 했던가. 여름 내내 여미고 있던 꽃잎이 가을바람에 홀려 가슴을 열자, 이때를 놓칠새라 검버섯 숭숭 박힌 심술보 연통이 틈새를 파고든다. 때를 따져 볼 새도 없이 우쭐대며 뽐내기에 바빴던 고운 빛깔은 황달에 걸린 듯 시들어가고, 듬성듬성 이 빠진 모양새로 꽃잎은 수명을 다해 추한 몰골로 화려한 날은 서서히 떠나가고 있다. 도도한 자태에 취해 무작정의 터치를 해대던 인간들의 발길도 언제 그랬느냐는 듯이 외면으로 일관해 버린다. 버려졌다는 절망이 가져온 우울증이 심해져 탈모 증세에 시달리다 추락의 비운을 맞이한다.

줄기마저 체력은 바닥이 나고, 가을볕 자외선에 그을린 몸은 등 굽은 노인처럼 늘어져 겨우 연통에 의지해 하루하루를 연명하고 있다. 물기 마른 땅에서도 거만한 자태로 목 인사를 건네는 연통의 힘의 원천은 따로 있었다. 샤워기처럼 생긴 얼굴에서 시원한 물줄기라도 뿜을 듯하지만, 물줄기 대신 후계자 이을 씨를 품고 올곧이 버티고 있는 것이다. 최후의 보루처럼 당당하게 버티던 연통마저도 가을이라는 자연이 만들어 놓은 때가 다가오면 단두대의 비극이 연상되는 비참한 최후를 맞이한다. 더러는 후계를 이을 씨받이용으로, 더러는 고상한 취미생활을 즐기는 이들의 눈요깃감으로 팔려 나가는 것이 유일하게 생명을 연장시키는 위안이 될 뿐이다.

흐르는 침묵은 평화가 아닌, 어쩔 수 없이 주어진 정적이다. 자신의 일생에 희생을 한 죄로 탁해져 버린 물속에 머리를 조아린 사과는 차라리 형벌과도 같다. 원점으로 회귀하여 꺼져가는 생명 연장을 꿈꿔봤지만, 냉기가 흐르는 태생의 외면은 영하의 날씨가 빚어낸 얼음 수갑으로 온 육신을 꽁꽁 묶어 버렸다. 사계四季를 살았어도 남은 건, 거적처럼 비틀어지고 말라버려 누구의 눈길도 머물지 않는 초라함뿐이다. 한때는? 이란 과거의 호사는 어디에도 없다. 그저 땅속 깊이에서 숨죽이며 뒷날을 도모하는 생명에게 부활을 기원할 뿐이다. 할 수 있는 일도 없다. 낯선 손길에 우악스럽게 침수를 당하기 전까지 냉기에 마취되어 시간을 잃어버리는 수밖에는 - 다시 누군가가 노크를 한다. 서둘러 깨어날 시간이 온 것이다.

작은 토닥임

소리도 없이, 느긋하게 하늘을 날아 사뿐히 지상에 안착을 한다. 온통 하얗게 색칠을 하는 겨울 손님이 온다. 냉기가 가득하고 하늘이 꾸물거리면 으레 하얀 옷을 차려입고 등장하는 눈이다. 맞이할 준비에 대한 예의는 없지만, 기척 없는 그의 출현은 때를 느끼게 하는 반가움이 있다. 누구의 초대도 없지만, 장독대에도 개구쟁이들의 털모자 위에도 내린다. 추위 속에서도 푸름을 지키기 위해 머리 쭈뼛 세우고 있는 침엽수 위에도 소담스럽게 내려앉아 고고한 자태를 보여준다.

누리는 이들에게는 축복이 될 수도 있는 하얀 세상, 세상에 내려오면서 잠시 헤어짐을 보상받기라도 하듯, 내리면 서로를 찾아 껴안으며 자체발광의 눈부신 빛의 신비를 보여준다. 그들만이 연출하는 하얀 빛깔의 천국. 평생 단 한 번도 그 모습을 보지도 못하는 사람들이 무수히 많다는 점에서 본다면, 지불하는 대가도 없이 때만 되면 한껏 기쁨을 누리기만 하는 우리는 행운이 아닐 수 없다.

뒤 돌아보면 | 전영구 수필

눈에 대한 추억은 누구나 한두 개쯤 간직하고 있을 것이다. 눈이 내리는 성탄절이 오면 애인 없는 신세를 탓하며 술과 내리는 눈에 흠뻑 취해 밤거리를 배회하던 추억은 젊은이라야 느끼는 낭만이었다. 소주 한잔에 내리는 눈을 안주 삼아 먹으며 외로움의 눈물인지 눈이 녹아내린 부산물인지 모를 이 물질을 얼굴 위에 흘리며 방황하던 시절이 있었다. 눈은 위로와 더한 절망을 주는 양면성을 지닌 정체를 알기 힘든 존재였다. 군대 시절 나이 어린 고참이라면 끓여 먹은 냄비를 설거지하는데 하필 첫눈이 내렸다. 지금쯤 사회의 휘황찬란한 거리를 걷고 있는 자신의 모습을 떠올리며 괜한 원망의 눈물을 흘리던 그때는 악몽이었지만 지금은 웃음이 나오는 진한 추억으로 자리 잡고 있다.

눈이 내리면 동심으로 돌아가 할 수 있는 놀이가 꽤 많았던 기억이 있다. 누이들과 손을 호호거리며 우리 키만한 크기로 눈을 굴려 솔방울로 눈을 만들고 나뭇가지로 눈썹 대신 붙여놓았다. 한겨울에 낡은 밀짚모자를 씌워 조금은 우스꽝스러운 사람의 모습으로 분장한 눈사람을 만들고는 했다. 서로의 몸을 과녁 삼아 눈 뭉치를 던지며 깔깔대던 웃음이 있었고, 형들의 과격한 목표물 폭격에 희생되어 눈물을 흘리던 눈싸움은 아련하게 남아있는 눈에 대한 추억이다. 다져진 눈 위에 비료부대를 놓고 엉덩이를 깔고 앉아 신나게 미끄럼을 타던 즐거움은 잊을 수 없는 눈 오는 날의 추억이다.

눈 내리는 날이면 특별한 언어가 생각이 난다. "뽀드득"이다. 과묵을 넘어 바람에 의하지 않고는 움직임조차 없지만, 어떤 모습으로든 다가서면 건네는 한마디가 인사인지 비명인지는 모르지만, 꼭 "뽀드득"이란 말을 잊지 않는다. 감성으로 치자면 타의 추종을 거부해 헤어짐이 다가오면 서로 부둥켜안은 채로 눈물을 흘리며 이별을 아쉬워한다. 순결을 뜻하는 흰색을 주 무기로 하는 겨울 손님, 단 하나 사라질 때의 뒷모습이 그리 깔끔하지는 않다는 단점만 보완하면, 포근함을 내세우며 가슴 시린 사람들에게 던지는 작은 토닥임은 추운 겨울을 따스하게 나기에 충분하다는 생각이다.

한겨울 세상을 토닥여주는 무언의 손님, 하늘에서 주는 맑은 영혼을 지닌 선물이라 해도 과언이 아닌 하얀 눈은 마치 큰누이의 손길 같은 느낌이 있다. 어릴 적 선잠으로 뒤척일 때마다 평온한 잠에 들라며 부드럽게 가슴을 토닥여 주던 누이의 마음, 기척 없는 작은 토닥임이 그것이다. 온순한 품성의 누이처럼 소리 없는 정을 나눠주기 때문이다. 올해도 어김없이 우리가 사는 칙칙한 회색 빛깔의 도시를 잠시나마 흰 빛깔로 바꿔 줄 그들의 등장을 기대하고 있다. 많이는 말고 적당함으로 다가와주길 바라고 있다. 거리마다 가슴마다 온통 하얗게 내렸으면 좋겠다.

2 모두에게는 사랑이라는 이유가

있다. 분명한 이유가

다시는 돌이킬 수 없다 해도,

늘 잊혀지지 않는 그리움에는

사랑이라는 위대한 이유가 분명 있지 않을까?

싶다.

반지

서로가 서로에게 평소에 품고 있는 마음을 건네는 일, 그리고 그 마음이 하나가 되었을 때 우리는 무언가 징표를 남기고 싶어한다. 말로써 하는 언약은 무언가 불안한 부분이 있기에 반지라는 하나의 상징을 서로에게 건넴으로써 마음의 위안을 삼는 것이다. 가격을 떠나 마음을 건네고 받아들임으로써 사랑이 완성되는 과정이 아마도 반지가 주는 매력이 아닌가 싶다. 무조건 화려하고 비싸기보다는 서로의 마음이 간직된 소박한 반지라면 더욱더 그 의미가 빛이 날 것이다.

요즘 연인들은 자신들이 만든 기념일에 사랑의 가치를 두는 것 같아 아쉬움이 있다. 만난 지 100일 기념, 200일 기념 등등 나름대로 의미를 두는 것은 좋은데 가끔씩 매스컴에서도 지적하듯이, 선물의 가격으로 사랑이 하는 마음의 수치를 평가한다는 이야기는 조금 씁쓸함으로 다가온다. 커플링이 유난히도 유행하던 시기가 있었다. 나도 한때는 링반지를 손가락에 끼고 이성친구가 없는 궁핍함을 감추고 싶어 했는데, 마음의 스산함만은 감출 수가 없었다. 거리를 거닐어도 커피숍에 가도 다정한 연인들이 연출하는 핑크빛 모드를 받아들이기가 힘들어 혼자 술집을 찾아 애꿎은 술잔에 하소연할 때가 있었다.

나에게 첫 반지의 추억은 생각하지도 못한 상황에서 만들어졌다. 그 시절 전통찻집을 경영하고 있었다. 보편적인 아이템보다 훨씬 덜 알려진 사업을 너무 일찍 시작한 탓에 무척이나 고전하고 있었다. 그러던 와중에도 자주 찻집에 들르던 한 무리의 친구들이 있었는데 나이는 훨씬 어리지만, 찻집의 적적함도 채워주고, 술친구도 해주던 고마운 동생들이었다.

어렵게 2년간 찻집을 경영하던 중 뜻하지 않게 문을 닫게 되었다. 아쉽고 슬프지만 어쩔 수 없는 현실에 마지막으로 동생들을 모아놓고 이른바 폐업 파티를 하게 되었다. 서로의 아쉬움을 나누던 중 커플이었던 한 친구가 자신이 끼고 있던 커플반지를 빼더니 나에게 끼워주는 것이었다. 평소 사귀는 과정에서 싸움도 잦았고 사연도 많았지만 두 사람은 아주 예쁜 사랑을 하는 사이였다. 반지는 여자 친구가 해준 것이라서 우리 일행은 물론 당사자인 여자 친구도 당황했는데 그 친구가 하는 말은 이랬다.

어찌 보면 자신들의 사랑의 완성은 형으로 인해 맺어진 결과이기에 이 반지를 꼭 주고 싶다는 거였다. 가장 어려울 때 나를 찾아와 위안을 받고 조언을 받아 결혼에 이르게 됐으니 꼭 주고 싶다는 것이었다. 박수와 환호가 터졌지만, 그 반지의 의미를 잘 아는 나로서는 받을 수가 없었다. 그런데 이번에는 그 여자 친구가 자신도 찬성이라며 자신들을 영원히 잊지 말아달라고 눈물까지 글썽이며 내 손을 잡아주었다. 한동안은 멍한 상태에서 그들을 바라봤지만, 워낙 둘의 뜻이 완고해 받아들일 수밖에 없었다. 그 후 결혼을 하기까지 그 반지는 분신이 되어 늘 나와 함께 했다.

시간이 흘러 굵어진 손가락을 탓하며 고이 모셔진 반지는 한동안 사람과의 인연이 얼마나 소중한지 깨닫게 해주는 교훈 같은 것이었다. 시간이 많이도 흘러갔지만, 아직도 그 친구들과의 교류는 활발한데 유독 그 커플과는 소식이 끊어져 안타까움을 더 하고 있다. 가끔은 아내에게 그 반지를 꺼내 보이며 '나 이런 사람이야!'하는 자랑거리로 남아있다.

사람들은 특히 연인에게 늘 최고가 되고 그 사람의 전부이고 싶어 한다. 그러기에 반지를 끼우고는 마치 자기 안에 상대방을 감금이라도 해 놓은 양, 마음의 평안을 얻기도 한다. 반지를 끼워주는 의미는 '내 안에 당신을 묶어 두겠소.' 하는 의미보다는 '당신을 내 안에 초대합니다', 라는 멋진 뜻이 스며 있으면 하는 마음이다. 반지라는 그 동그라미 안에 영원한 사랑을 담아 함께 간다는 심오함을 잃지 않는 우리가 되었으면 하는 마음이다.

사랑을 부르는 말

삶에 가장 중요한 요소는 누구와 어떤 대화를 나누며, 어떤 공감대를 형성하느냐에 있다. 특히 많은 사람들을 대해야 하는 영업직이나 부하직원을 거느린 상사들은 말 한마디의 선택에 따라 얻을 것을 얻고 존경을 받는다. 그렇지 못하고 경솔한 말이나 남에게 상처를 주는 말을 쉽게 내뱉는다면 바로 자신의 삶에 불행이라는 직격탄과 주위의 많은 이들을 잃는 일이 생길 수가 있다. 이렇게 말이란 남에게 자신을 나타내 보이는 가장 중요한 시작점임과 동시에 자신의 인품을 평가받을 수 있는 척도가 되는 것이다.

오래전 우연한 기회에 「사랑받는 법」이라는 강의를 들은 적이 있다. 아내의 입장에서 남편에게 사랑을 받을 수 있는 방법은 여러 가지겠지만, 일상생활에서 아주 가벼운 대화의 테크닉으로도 얼마든지 남편의 사랑을 이끌어 낼 수가 있다는 것이다. 가령 남편이 출근할 때면 외투를 툭툭 털어주며 귀에다 대고 "자기, 오늘따라 리차드 기어 닮은 것 같아요."하면 남편 중 열에 아홉은 "뭔 소리야. 아침부터 왠 헛소리를 하구 그래?" 하며 퉁명스럽게 출근하지만, 근무 중에 휴식 시간이 오면 화장실 거울에 자신을 비춰보며 '내가 리차드 기어를 닮기는 닮았나? 여편네가 보는 눈은 있구만' 하며 속으로 기뻐한다는 것이다. 그리고는 반드시 퇴근길에는 반드시 간식내지는 선물을 사가지고 온다는 것이다.

현명한 남편은 아내의 투정이나 목적을 잘 파악해 대답을 건넨다면 남편으로서의 위치를 잘 지킬 수 있는 노하우가 있다는 것이다. 예를 들면 돈이 필요하다는 아내의 말에 "돈이 어디 있어! 이 사람아!" 라며 단칼에 없다는 부정보다는 "기다려 봐!"라는 여운을 남기면 혹시나 하는 기대감으로 남편을 바라보며 무한 신뢰를 보낸다는 것이다. 우리가 쉽게만 사용했던 말 중에서도 잘만 활용을 하면 부부간의 신뢰도 생기고 사랑도 돈독해진다는 것이다.

평소 우리는 상대를 대할 때 몇 번을 생각하고 말을 건넬까? 그냥 입에서 나오는 대로 던진 말 한마디가 주는 파장은 의외로 길다. 평소 거친 말을 여과 없이 사용해 자주 후회를 하는 나에게도 사소한 말 한마디로 상처를 입힌 적이 있다. 초등학교 3학년 아들이 조금 살이 쪄서 부부가 고민하고 있었을 때로 기억하는데, 그 당시 아들은 나의 권유로 배드민턴 레슨을 받고 있었다. 과한 비만은 아니었지만, 아들의 건강에 걱정이 앞선 나는 마음의 준비도 안 된 녀석을 데려가 가장 엄하게 가르치는 코치에게 일임하고 지켜보는데 하는 모양이 답답하기 그지없었다. 야무지지도 못하고 스스로 하려고 하지도 않아서 하루는 녀석을 불러 놓고 "너는 소질이 없으면 열심히 라도 해야지 누굴 닮아 그 모양이냐!" 하며 혼을 내고 무심히 지나쳤다. 그러던 어느 날 녀석에게 스카우트 제의가 들어왔다. 초등학교에서 배드민턴부를 창단했는데 녀석이 재질이 있어 보인다며 관계자가 찾아온 것이다. 반신반의했지만 그래도 내심 마음속으로는 기뻐하며 녀석에게 의중을 물었다. 아들의 대답은 확고했다. 아빠가 소질이 없다고 하고는 이제 와서 왜 선수생활을 시키려 하냐는 것이었다. 꼭 선수생활을 시킬 생각은 아니었지만 경솔했던 나의 말 한마디에 아들의 재능마저 스스로 거둬들이게 만든 게 아닌가 싶어 한동안 미안함을 간직한 채 녀석을 대해야 했다.

아내에게 던지는 습관적인 잔소리는 더 심한 부작용을 낳는다. 헤어스타일이 그게 뭐냐, 집안이 왜 이리 지저분하냐는 등 실생활에서 눈에 띄는 잔소리에 처음에는 미안해하던 아내도 세월이 흐르며 오히려 반감으로 되돌아와 서로 얼굴을 붉히며 부부싸움을 하게 된다. '당신은 이렇게 하면 보기 좋던데' 라든지 '역시 집안은 당신의 손길이 가야 빛을 발한다니까' 라는 우회의 표현을 했더라면 상대의 감정을 건드리지도 않고 원하는 결과를 얻을 수 있었을 것이다. 말이란 참으로 현명한 생각이 동반되어야 비로소 대화라는 이해가 이루어지는 게 아닌가 싶다.

말 한마디로 인해 웃음이 피어나고 좌중을 휘어잡는 개그맨이나 사회자들의 내면을 보면 몇 날 며칠을 남을 웃기려고 준비를 하고 연습을 해야 남들 앞에서 말의 보따리를 풀어낸다. 몇 번을 나와도 냉철한 관객들의 판단 앞에서 좌절하기도 하고 환호를 받기도 한다. 누구나 자신이 한번 뱉은 말은 거둬들일 수가 없다. 스스로가 책임을 져야 한다는 뜻이기도 하다. 男兒一言重

千金이라는 故事成語처럼 한마디 한마디가 자신을 대표하고 책임이 중하다는 생각으로 신중에 신중을 기해야 한다.

거친 말 보다는 고운 말, 상처를 주는 말 보다는 칭찬하는 말이 앞서는 습관을 길러야 한다. 상대를 긍정적인 시각으로 바라보고 평가를 하다 보면 자연스럽게 부드러운 말이 나오지 않을까 싶다. 사랑이 깃든 말 한마디는 곧바로 삶의 활력으로 이어진다는 진리를 빨리 깨우치는 사람이 가장 현명한 사람이 아닐까 싶다. 말 한마디로 천 냥 빚을 갚는다는 옛 성현들의 말은 진리요 두고두고 새겨볼 말이다.

사랑이 헤퍼도 되나요?

가슴이 뛰고, 얼굴이 붉게 달아오른다. 마음 깊이 숨겨놓았던 감정이 자제할 틈도 없이 표출되고 있다. 보면, 설레는 상대가 있어 느끼는 감정 덩어리의 이름은 사랑이다. 감정의 교류가 완성되기도 전에 하는 고백. 음흉함으로 가득 찬 욕심을 채우기 위해 사탕발림으로 던지는 느끼한 음성. 이별이 오기까지 꼭 상대에게 보여줘야 할 감정의 표출. 때와 장소를 가리지 않고 청춘남녀들이 주고받는 최고의 가치가 바로 사랑이고 그 결정체가 사랑의 표현인 것이다.

평소 표현에 인색한 나는 지금도 아내의 불만을 해결해주지 못하는 못난 남편으로 살아가고 있다. 결혼생활 15년 차에 한 번도 사랑한다는 말을 하지 않았다는 이유가 그것이다. "꼭 말로 표현해야 돼?"라는 변명은 파렴치한 변명이 되어 자신은 이제 체념으로 산다는 엄청난 협박을 듣고 있다. 사랑이라는 두 글자, 그 까짓것 하면 되지만 한편으로는 낯 뜨겁게 그걸 꼭 해야 하나? 라는 의문은 나의 입을 사랑에 관한 한 실어라는 중증을 안겨줬다.

내가 안 해주는 대신 하루에도 몇 번씩 사랑한다고 하던 아내도 이제는 지쳤는지 함구로 일관한다. 왜 그런지를 물으면 "몰라서 물어요?"하며 톡 쏘아 버린다. 사랑이 뭐 길래, 무난하고도 평범한 행복을 영위하는 우리 부부의 사이에도 사랑이라는 단어만 나오면 찬바람이 쌩쌩 부는 시베리아 벌판으로 바뀐다. 그까짓 거 눈 한번 질끈 감고 해보지 하다가도 입안에서 뱅뱅 돌 뿐, 나오지 않는 이유는 나도 잘 모르겠다. 누구에게도 해보지 못한 말, 나에게는 무척이나 어려운 단어가 되어 버린 사랑이라는 한마디가 삶의 족쇄가 될 수도 있다는 안타까움이 있는 것도 사실이다.

언제부터인지 사랑은 세인들에게 너무도 쉬운 표현이 되어 버렸다. 기억에도 생생한 시기에 매스컴에 나와 운명적인 사랑을 만났으니 행복하게 살겠다고 별짓을 다해보이던 연예인들도 불과 몇 년을 못 넘기고 이별을 할 때에는 언제 사랑을 하는 사이였냐는 듯이 합의금 싸움으로 법정을 오가고는 한다. 그러면서 각종 매스컴에 오르내리며 서로의 약점을 할퀴고 있는 모습을 종종 보게 된다. 사랑이라는 말은 쉽게 감정이 달아올라 선뜻 주고받기도 하지만 최단시간에 현혹되는 독을 품은 가장 달콤한 말이기도 하다.

전화번호 안내를 해주는 곳에 전화를 하면 맨 먼저 들리는 소리가 "사랑합니다. 고객님" 이라고 한다. 불쑥 건네 오는 그 말에 묻고 싶은 다음 말을 잊어버리고는 한다. 일면식도 없는 전화 속 안내원이 다짜고짜 사랑한다니, 처음에는 어이가 없어 웃음이 났었다. 감성이 삭막한 것일까? 반은 장난삼아 다시 전화를 걸어 "나를 언제 봤수?" 하며 되묻고 싶다. 기업의 모토가 그렇다면 참으로 아름다운 인사말이다. 다만 응급을 필요로 하는 전화나 기분이 상한 이에게 그런 멘트가 던져진다면 한 번쯤 생각을 해볼 문제가 아닌가 싶다. 사랑이 다 좋은 것만은 아니라는 얘기다. 사랑도 때와 장소가 어울려야 그 힘을 발휘하는 것이지 무턱대고 아무한테나 진실성 없이 던지는 사랑이라는 말은 의미가 없다.

엄청난 개수의 단어 중 하나인 사랑이 가진 힘은 어느 단어에 뒤지지 않을 만큼의 가공할 파괴력을 지녔다. 사랑에 죽고 사랑에 산다는 말이 그냥 탄생한 것이 아니다. 실제로 실연으로 인해 삶을 마감하는 이들이 있는가 하면, 그리던 사랑을 쟁취한 이들은 핑크빛 미래를 그릴 수 있는 기회가 주어진 것이다. 사랑은 말로 전하는 방법도 있지만, 몸짓 하나로도 충분히 표현할 수 있는 매력을 지녔다. 두 손을 모아 하트를 만들어 날리는 행위가 그것인데, 지금은 이게 누구나 하는 일상적인 표현이 되어버렸다 해도 과언이 아니다. 먼 곳에 있는 님에게 날리는 하트는 언어 이상의 효과를 볼 수도 있다. 말로 전하기에 쑥스러움이 따를 때 하는 최고의 몸짓, 그 또한 사랑이 만들어 낸 무언의 언어이기 때문에 가능하다.

열정적인 20대 시절, 밥 없이는 살아도 사랑 없이는 살 수 없다고 발버둥 치는 동년배 친구들을 보며 코웃음을 치던 기억이 있다. 사랑에 무딘 사람인가 싶지만 마음속에 내재되어 있던 감정은 숨길 수가 없었는지 지금은 사랑을 표현하는 시집만 4권째를 출간한 나 자신이 신기하기만 하다.

시간이 갈수록 고백할 수 있는 시기를 저울질하는 소심한 남편으로 살아가기보다는 일찍 표현하지 못한 못남을 탓하는 나를 아내는 어떤 마음으로 바라볼까? 누구나 하는 흔하고 헤픈 사랑을 보여주기 싫어 고이 감춘다는 것이, 정작 삶의 동반자인 아내에게도 여태껏 건네지 못한 바보스러움이 이제야 느껴지니 남자는 어른이 되어도 철부지라는 옛말이 새삼 가슴에 와 닿는다. 사랑이 헤프게 들리는 까닭은 그만큼 많은 사람들이 필요로 하기 때문이라는 이치가 아닌가 싶다. 헤프면 헤플수록 좋다는 말 사랑, "사랑해"라는 명언을 헤프게 하지는 못할망정 적어도 인색해서는 안 되겠다는 후회 아닌 후회가 나의 입술의 움직임을 종용하고 있었다.

중년의 권태기가 주는 매력

　　파릇파릇한 나이에 사랑이라는 거대한 파도가 밀려오면 누구나 감당하기 힘든 감정의 격동기를 겪게 된다. 이 시기에 생겨난 사랑이라는 것은 감정의 세포를 부드럽게 만들어 서로에게 콩깍지라는 해괴한 막을 씌워 놓는다. 연인에 대해서는 어떠한 흠도 보이지 않고 그저 멋있고, 매력적인 부분만이 보이게 된다. 서로 마주칠 때마다 두 눈과 가슴에는 하트가 가득 차 있어 틈만 나면 언제라도 날릴 마음의 준비를 하게 한다. 정체성에 이상이 없으면 대부분 남자들은 여자를, 여자들은 남자를 평생의 동반자로 택하게 된다. 감정의 합체로 인한 결실은 결혼이라는 또 다른 인생의 출발점에 서게 된다. 사랑했기에 하나가 된 둘은 결별이나 이혼이라는 것은 먼 나라의 말인 것처럼 듣는 것조차도 불쾌감을 주기에 충분하다.

　　결혼 초기에는 바라만 봐도 배가 부르고, 행복을 느끼며 해준 것보다는 덜 해준 것에 대한 미안함으로 서로를 보듬는다. 아내가 차려주는 음식은 이제 껏 자식을 위해 헌신을 한 어머니의 손맛을 까마득히 잊게 만든다. 세계 최고의 요리사가 만든 어느 요리보다도 최고의 맛을 느끼게 된다. 행여 남은 반찬이 다시 상에 올라와도 아무런 불평 없이 맛있게 처리해주는 배려는 신혼이 아니면 볼 수 없는 아름다운 인생의 화폭인 것이다.

어제 입고 출근한 옷에 물을 뿌려 다시 입고 출근하던 일상에서 아내가 출근 시간에 챙겨주는 의상은 마치 코디의 손길을 거친 여느 연예인의 옷처럼 멋져 보인다. 근무시간 틈틈이 거울을 바라보며 괜스레 우쭐한 기분으로 뿌듯한 하루를 보내고는 한다. 총각 때 늘 매고 다니던 넥타이인데도 빛이 나 보이고, 양복바지에 잡힌 주름은 손이 베일까 두려울 정도로 날이 서 있어 한층 자존심이 살아나고 있었다. 여태껏 살아온 방식에서 벗어난 동반자와의 삶은 간혹 시행착오를 겪기도 하지만 사랑이라는 위대한 힘은 인내라는 현명함을 주기도 한다.

시간이 조금씩 흘러 같이 사는 것에 긴장이 풀릴 때쯤이면, 시쳇말로 방귀도 트고 예쁘기만 하던 아내의 입에서 트림하는 소리가 들려오면 서서히 미간이 찌그러지고 잔잔했던 평화는 걷잡을 수 없는 거친 풍랑이 일게 된다. 흐트러진 머릿결 그대로 겨우 일어나 대충 차린 상에 밥 한 공기 올려 무성의하게 내민다. 출근복을 챙길 기미도 없이 하품을 늘어지게 하며 빨리 출근이나 했으면 하는 눈빛이 역력하다. 하지만 조물주는 어렵게 맺은 사랑을 그리 쉽게 무너지도록 놓아두지 않는다. 서로에게 서서히 권태기라는 위험 신호가 다가올 때쯤이면 2세라는 위대한 선물을 안겨주기 때문이다. 아이가 주는 의미는 무척이나 남다르다. 가족이라는 울타리 안에 가장으로써 부양의 책임감을 한층 더 증폭시키기 때문이다. 행복과 만족감을 느끼며 가족에 묻혀 살다 보면 시간은 속절없이 흘러가게 된다. 아이가 자라 독립을 하고 서서히 부모와 거리가 느껴질 때쯤 이면 또다시 서로에게 관심이 집중되게 된다.

중년에 접어들어 완전히 아줌마 몸매로 변해버린 체형을 지적하면, 늘씬한 아가씨 있으면 자신이 아내자리를 양보할 테니 찾아서 살아보라고 오히려 큰소리를 친다. 간혹 설거지를 할 때도 감정의 강도를 알리듯이 과하게 그릇 부딪히는 소리가 들리기도 한다. 두리뭉실해져 가는 몸매에 대해 타박을 하면 얼굴을 붉히며 대꾸도 못하던 신혼 때와는 달리 스트레스 살이라며 오히려 남편 탓을 하기도 한다. 남편도 지지 않으려는 듯, 하는 짓마다 가관이라는 눈빛이 살아나며 예쁜 모습보다는 흉만이 보이는 시력의 배신에 아내를 닦달하게 된다.

중년을 넘어 남편과 아내가 서로에게 주는 눈빛은 크게 두 가지일 것이다. 정精 아니면 타박이다. 사랑이라는 유효 기간이 지나고 정이라는 것으로 다시 제 2의 인생을 시작하는 것이다. 더러는 서로에게 불만적인 삶을 보상이라도 받으려는 듯이 무조건적인 바람만을 내세우기도 한다. "지금도 날 보면 가슴이 두근거려?", "다시 태어나도 나랑 결혼 할거야?"라는 공염불보다는 넉넉한 미소가 곁들인 대화가 필요한 시기가 바로 중년이다. "나 때문에 고생해서 미안해.", "당신이 있어 나도 있는 거야."라는 약간은 몸이 비틀어지는 간지러운 표현이지만 긴 시간 동행해온 동반자에게 그 정도의 립 서비스는 기본이 아닐까 한다. 무뚝뚝하기로 둘째가라면 서러울 나 자신도 하지 못하는 말들이기는 하다. 그러나 언젠가는 꼭, 이라는 정확한 유통기한이 없는 마음가짐만큼이라도 품고 있다면 서로를 여유 있게 바라보고 이끌어 주는 성공적인 중년을 보낼 수가 있는 것이다.

이번 주엔 어디를 갈까?라는 질문에 이제는 같이 안 가도 좋으니 그만이라는 눈빛이 전해질 때까지, 맛집도 이제 지겨워 입맛이 돌지 않으니 그만 가자는 거부의 말이 들릴 때까지, 중년의 남자들이 굽히지 않고 해야 할 사항이 너무 많다. 두 손을 꼭 잡고 커피숍에 앉아 조잘대는 풍경을 그려 낼 수 없지만, 길거리 노점 카페에서 따뜻한 커피라도 마시며 호숫가를 걷는 그림 정도는 연출 할 줄 아는 멋진 중년이 되면 어떨까 싶다.

사랑으로 기초공사를 해서 결혼이라는 완성품은 제작했지만, 서로가 지닌 개념의 차이로 인해 이혼이라는 폐가가 되는 일은 없어야 하겠기에 서로에게 최선을 다해 노력하는 것이다. 함께한 세월을 탓하지 말고, 남겨진 삶에 의미를 두고, 노년의 부부가 항상 두 손을 꼭 잡고 가는 황혼의 모습은 어떨까 싶다. 자식에게도 교훈이 되고, 남들에게는 자신의 인격을 내보일 수 있는 자기 관리도 되기 때문에 꼭 권하고 싶고 나 자신도 실천하고 싶은 남은 인생에 꼭 필요한 과제이기 때문이다.

기억 또는 추억

더듬어 본다. 무엇이 우리로 하여금 그리움을 유발하는지를, 먼 유년시절 기억마저 아득해져 이미 잃어버린 무엇을 억지로 떠올려야 하는 그 시절의 내 모습을 되새기며 알듯 모를 듯한 감흥에 젖어본다. 그 시절로 다시 돌아갈 수는 없을까? 라는 생각의 철없음에 허탈한 웃음도 지어보지만, 우리에게는 추억을 기억해 낼 수 있는 저장고를 뇌 속에 지니고 있어 그나마 다행스럽다. 그 시절을 떠올리며 감회에 젖는 행복을 누리기도 하니 말이다. 기억 저편으로 다리를 놓는 수고만 하면 어렵지 않게 낱낱의 추억을 보여주기 때문에 곧잘 지난 시절을 그리워한다.

소가족 시대인 지금의 잣대로는 도저히 이해할 수 없는 다산이 주는 피라미드식의 생활 방식에 맨 위층에 있던 나는 작은 체구였다. 지금의 표현으로 미소년의 얼굴을 지닌 개구쟁이인 걸로 떠올려진다. 일찍이 아버지를 여의어 안쓰러움의 표상이 된 나는 위로 세 명의 누이와 세 명의 형님이 내려다보는 늦둥이였다. 늦게 낳은 막내에 대한 엄마의 과한 보호에, 형제 중에 그 누구도 막내를 때리거나 먹는 걸 빼앗거나 하는 불미스러운 일은 경을 친다는 공식이 성립되었다. 마음속으론 내 존재가 얄미워도 엄마 앞에서 만큼은 쓰다듬고 씻겨주고 심지어 열 살이 다 되도록 밥까지 먹여주는 충성을 다하며 지냈었다.

누구보다 둘째 누이의 보살핌은 지금도 잊혀지지 않는다. 누이는 그 당시에 시골 우체국에서 교환수로 일하고 있었다. 고운 외모에 성품까지 착해 근방의 형님들이 그야말로 침을 흘릴 정도로 사모하고 있었다. 엄하기로 유명했던 중학교 영어 선생님은 내가 숙제를 안 해가도 벌주지 않을 만큼 부담스런 관심을 보였고, 그 외에 많은 시골 총각들이 집 근처를 배회할 정도로 인기가 대단했다. 당시 누이 또래 친구들은 화사한 원피스에 분을 바르고 여기저기 놀러 다니며 치장에 여념이 없었지만 순박하고 차분한 성격의 누이는 틈만 나면 집안에서 하얀 광목에 꽃 수를 놓으며 지냈다. 막내인 내 베갯잇을 꾸며주기 위해 흰 광목천에 한 술, 한 술 가는 색실에 정성을 담아 나무줄기를 심고 그 가지에 꽃을 피워냈다. 그리곤 정성으로 풀을 먹여 늘 새것 같은 느낌의 베개를 막내에게 내밀면서 "좋으니?"하며 묻고는 했다. 살갗에 닿는 까칠한 느낌이 싫었지만 어린 마음에도 누이의 정성을 아는지라 그저 건성으로만 고개를 끄덕였다.

누이의 정성은 넘쳤지만, 한편으로는 과한 보살핌으로 또래의 놀림이 되기도 했는데, 그것의 빌미는 호칭에 있었다. 초등학교에 다니도록 우리 아기, 우리 막내 하며 업어주고 옷까지 입혀주며 여전히 나를 아기 취급을 했기 때문에 가끔은 또래들이 "애기야!"하며 놀리곤 했다. 내놓고 표현을 하시는 다정다감한 성격이 아닌 엄마보다 다정하게 동생을 챙기는 누이가 좋아 가끔은 누이직장인 우체국에 들러 몇 시간씩 좁은 전화국 부수 안에서 누이가 사주는 과자를 먹다 함께 퇴근하는 일도 자주 있었다. 동네 어귀 언덕에 다다르면 꼭 업으라며 등을 내밀던 누이도 시간이 흘러 결혼을 하고 아이도 낳아 근거리의 도시에서 생활하고 있었다.

누이가 사는 도시의 고등학교에 입학한 나는 심각한 문제에 봉착하고 말았다. 학교는 신흥 명문으로, 엄하기로 소문이 나 있었고, 다른 학교에 비해 등교 시간이 빨라 대부분의 친구들이 기차를 타고 통학을 하지 못하고 자취아니면 하숙을 해야 했다. 형제들이 다 객지 생활을 하는 터라 어머니와 단둘이 살고 있었는데, 전형적인 시골 분인 어머니는 사정도 모르시고 무작정 자취나 하숙은 자식 버리기 딱 좋다며 극구 반대를 하셨다. 원래의 꿈인 안양의 모 예술고등학교에 입학하겠다는 희망도 "멀쩡한 놈 딴따라 만들면 건달밖에 더 하겠냐"며 강력하게 반대를 하셨던 터라 어쩔 수 없이 통학을 시도했었다. 첫날부터 지각으로 기합과 몽둥이세례를 받게 되어 공부는커녕 학교생활에 의욕도 떨어졌다. 기운이 쭉 빠져 있는데, 누이가 당분간 단칸방이지만 어머니가 허락하실 때까지 와있으라는 거였다. 내겐 한없이 천사 같았던 누이였다.

누이는 어릴 적 날 보살피듯 불편함을 느끼지 않을까 노심초사하는 것 같아 미안도 했지만 뾰족한 수가 없어 눈치껏 지내고 있을 때였다. 날로 수척

해진 누이가 이상해 하루는 무슨 일이냐고 물었다. 갓 돌이 지난 조카의 몸에 이상이 있는 것 같다며 눈물을 지었다. 그때는 그저 발육이 늦는 줄만 알았던 조카 녀석은 뇌성마비 1급이라는 중증장애 진단을 받고 말았다. 누이는 당신의 업인 것처럼 당신 인생을 전부 조카에게 희생하며 지내고 있었다. 항상 나에게나 주위의 모두에게 마음을 퍼주고 따뜻하게 맞이해주던 착하기만 하던 누이에게 그런 일이 생겨 한동안 하늘을 원망하며 지낸 적도 있다. 그래도 그런 누이의 한없는 사랑이 있어 나도 성인이 되어 남들과 별 탈 없이 잘 지내고 있는지 모른다. 조카 또한 큰 불편을 잘 극복하며 장애우 스포츠 선수로 지내고 있음에 고마운 마음이 인다.

지난 시절 꽃다운 청춘의 시절로 다시 돌아간다면 누이는 어떤 모습으로 살 수 있을까. 처녀 적 친구들과 봄나들이에 남의 옷 빌려 입고 다녀왔다가 다 큰 처녀가 허벅지 드러내고 사진 찍었다고 동네 창피해서 못 살겠다며 빗자루 내던지시던 엄마의 억지에도 차분히 자신의 길을 가던 누이다. 그 누이에게 행복을 만들어줄 수만 있다면 꼭 그렇게 해줄 수만 있다면 좋겠다. 타의에 의해 상처받고도 표시 없이 감추고 산 세월은 보상될 수 없겠지만 작은 위로라도 될 수 있다면 예쁜 꽃분홍 원피스라도 한 벌 마련해 주고 싶은 생각이 든다. 누이는 내 기억 속에서 사랑만 주던 모습으로 남아있다. 이젠 빛바랜 추억으로 떠올려지지만, 그 세월은 누구도 붙잡을 수 없는 소중한 것이다.

장모님의 외출

계단을 오른다. 어머니의 손을 잡고 계단을 오르는 내 곁으로 거친 숨결이 전해진다. 젊은 나에게는 단숨에 오를 2층 계단을 몇 번의 휴식을 취하고서야 겨우 도착했다. 헐떡이는 숨 사이로 기쁨의 얼굴이 보인다. 오랜만에 보는 어머니의 만족스로운 미소가 그나마 큰일을 해낸 것 같은 자부심을 느끼게 한다. 오랜만의 방문이어서 그런지 젊어서부터 단골이었던 미용실 원장님은 어머니의 손을 잡고 다짜고짜 울기 시작한다. 소식이 없어 걱정했다면서 왜 이렇게 쇠약해졌느냐며 지난날 강단 있었던 어머니를 회상하는 듯 연신 눈물을 흘리고 있다.

어머니, 정확한 표현으로 나의 장모님은 요양병원에서 벌써 몇 개월째 입원 중이었다. 평소 활달한 성품과 남을 리드하는 외향적인 모습이었는데, 세월을 비켜가지는 못했는지 올해 들어 급격한 체력 저하와 갑작스러운 저 염분 쇼크로 입원과 퇴원을 번복하다 끝내 다시 쓰러져 장기 요양을 하고 있는 것이다. 처음에는 외출할 수 없는 현실에 자식들에게 괜한 짜증을 내고 퇴원을 해 줄 것을 종용했지만, 이제는 현실을 받아들이셨는지 마음의 평안을 찾으신 듯했다. 그래도 가끔은 억지를 쓰시며 여러 요구사항으로 자식들을 난처하게 하시고는 한다. 넷이나 되는 자식 중에서도 유독 막내딸인 아내에게만 집요하게 요구를 하시는 것이다. 그러나 나는 그런 장모님에게 감사한 마음이다. 친어머니를 여읜 나로서는 이렇게라도 장모님을 더 모실 수 있다는 일이 다행으로 느끼기 때문이다.

직장생활에 지쳐 파김치가 되어 집에 돌아오는 길이면 으레 기분 상하신 장모님의 전화가 빗발치기 시작한다. 왜 전화를 안 받느냐, 뭣 때문에 안 오느냐는, 등 통화를 한 지 불과 몇 시간 전인데도 어느새 잊으셨는지 화를 내시는 것이었다. 그러다 더 분을 못 참으시면 '그래 니들끼리 사니까 재미있냐?'라는 억지스러운 말을 건네올 때마다 혹시 생각해서는 안 될 치매 증상은 아닌가 걱정을 하기도 했었다. 신기한 것은 그렇게 화를 내시고도 병원에 도착하면 언제 그랬느냐는 듯 반갑게 맞이해 주신다. 하루 내 있었던 일들을 일일이 얘기하면서 바로 얼른 돌아가 쉬라고 채근하신다. 그럴 때면 나는 가을국화꽃 향기 같은 엄마 냄새를 맡는다. 어린 시절 엄마 가슴에 안기면 맡을 수 있었던 세상에서 가장 거룩한 향기에 젖게 된다.

병상에 계신 장모님에게는 몇 가지의 바람이 있다. 그중에 가장 큰 바람은 머리에 파마를 하시고 싶은 거였다. 70이 넘으셔도 머리에 세팅을 하고, 그야말로 립스틱 짙게 바르고, 긴 시간을 공들여 곱게 화장을 해야 외출을 하셨던 멋쟁이 장모님이셨다. 이제 80이 넘으셨는데도 하얗게 드러난 흰머리를 가장 못마땅하신 것이다. 급기야 계속된 성화에 못 이겨 미용실로의 외출을 감행했지만, 미용실에 도착하기도 전 다시 쇼크증세가 와 병원으로 되돌아온 적이 있다. 워낙 몸 상태가 움직이기에도 힘든 상황이 되자 포기를 하셨나? 했더니 며칠 전 염색이라도 하고 싶다는 바람을 드러내셨다.

병원에서도 지금의 컨디션으로는 외출이 무리라며 난색을 표명하기에 이르렀다. 하지만 어느 정도 시간이 흘러 조금씩 기력을 찾으시고 서서히 걸음도 보조대에 의지해 걷기 시작하자 장모님의 바람은 또 고개를 들기 시작했다. 전처럼 강하지는 않지만, 조심스럽게 미용실 얘기를 꺼내시는 거였다. 하는 수 없이 아내와 상의를 한 끝에 '그래, 그 까짓 것 해드리자,'하는 심정으로 휴일을 잡아 미용실에 가기로 한 것이다. 샴푸를 하고 의자에 앉아 미용사들의 손질을 받는 얼굴은 어느새 소녀처럼 불그스레해지고 있었다. 그 광경을 함께 지켜보는 나는 결혼을 하고 처가식구들과 꽃박람회를 가던 날 60을 훨씬 넘기신 장모님이 핑크색 바지에 핑크색 셔츠와 점퍼를 입고 앞장을 서시며 우리를 이끌던 모습이 다시 보고 싶다는 말을 아내에게 건네자 아내는 눈물을 참느라 그저 고개를 숙이고 있었다.

그간 직장생활에 나름대로 가정을 꾸린답시고 너무 장모님한테 소홀히 하지는 않았는지 자꾸 후회가 밀려온다. 지금이라도 늦지는 않았지만 그래도 흐르는 세월에 걸려 쇠약해진 모습을 바라보면 눈물이 먼저 흐르는 것도 어쩔 수가 없는 것 같다. "니들은 죽었다가 깨도 이 엄마 나이에 엄마만큼 멋을 부리고 살지 못할 걸 아마?"하시던 말씀이 그저 소박한 촌부였던 친어머니를 떠올리며 괜한 비교에 그때는 씁쓸하게 들렸는데, 지금은 그보다 더 멋을 부리며 외출을 해 주셨으면 하는 바람이 앞선다. 바쁜 시간에 쫓겨 사는 우리의 삶은 무슨 일이 닥쳐야 대응하고 후회하는 우매함을 버리지 못하는 모양이다. 보다 정성을 다하지 못하는 내가 가끔씩 죄송하기 짝이 없다.

파마 시술시간이 흐를수록 몸을 뒤척이고 힘겨워하신다. 몸을 제대로 가눌 수 없을 만큼 당뇨합병증을 앓고 계신 초췌한 모습을 바라보는데 가슴이 뭉클해져 온다. 앙상한 가을 잎 하나가 가지에 매달려 바람에 흔들리고 있는 것 같아 목이 메어왔다. 지금 장모님은 무엇 때문에 그렇게 가눌 수 없는 몸으로도 당신을 가꾸려고 하는지 생각해 보았다. 자존심이다. 서녘 산마루에 걸린 지는 해의 노을빛 자존심이다. 병실에서 잠시 출타하여 미용실에 이르는 고생도 감수하는 모습에 또다시 가슴이 뭉클해진다. 기계에 머리를 맡긴 장모님이 졸고 계신다. 아마 지금쯤 상당한 고통이 온몸에 퍼져 있을지도 모른다. 살며시 앙상한 손을 잡아 본다. 잠에서 깨셨는지 멋쩍은 웃음을 보이신다. 행복하냐는 물음에 고개를 끄떡이신다.

밥이 곧 사랑

긴 밤이 지나고 개운한 몸을 일으켜 맞이하는 하루의 시작은 김이 모락모락 피어오르는 밥 한 공기에 곁들인 각종 반찬들의 문안으로 아침이 시작된다. 잠자리에 들 때만 해도 상상하지 못했던 푸짐한 상차림은 시간에 쫓기면서도 입 짧은 남편의 식성에 만족을 주기 위해 부지런히 움직인 아내의 사랑이리라. 山海珍味는 아니더라도 평소 좋아하는 소박한 찌개에서 풍기는 구수한 향기는 잠자리에서 갓 깨어나 헤매는 졸음을 쫓기에 안성맞춤이다. 마치 왕처럼 요를 깔고 앉아 정갈한 매무새의 아내가 차려주는 아침 밥상, 이런 행복을 꿈꾸는 남자들의 바람이 몽상이 아닌 현실이 되기에는 많은 어려움이 따른다.

가장의 능력에 온 가족의 의식주가 해결되던 시절, 아버지 곁에는 아들만이 겸상할 수 있었다. 겨우내 잘 삭은 김장김치에 얼음 송송 띄운 동치미와 구수한 된장찌개가 찬의 전부지만 가장이 수저를 들어야 비로소 온 식솔들이 식사를 시작하는 풍경은 어린 시절 우리 집에서도 흔히 볼 수 있는 풍경이었다. 수저 가득 탐스럽게 푼 흰쌀밥 위에 어머니의 손으로 길게 찢은 김장김치를 돌돌 말아 올려드리면 한입에 넣고 커다란 풍선처럼 씰룩이던 아버지의 양 볼이 가장 부럽기도 했다. 식사를 마친 후 숭늉을 드신 아버지의 헛기침이 있어야 어머니의 아침 수고는 무언의 인정을 받았던 시절엔 밥이 힘이었고, 오순도순 모여 앉은 가족 간의 보이지 않는 사랑이었다. 찬은 부족해도 반짝반짝 빛나는 스텐인리스 식기의 정갈함이 안주인의 가족 사랑과 부지런함을 보여주는 척도가 되기도 했다.

낡은 노란색 양은도시락에 듬뿍 담긴 쌀밥과 선물용 젓갈 병을 닦아 도시락 반찬통으로 사용한 작은 병에 담긴 신 김치는 그날의 유일한 찬이었다. 그러나 형제들 몰래 도시락 밑에 깔아준 계란 부침의 맛은 막내에게 주는 어머니의 소박한 사랑이 있었다. 점심시간 도시락 싸오기에도 벅찬 아이들에게 계란 부침과 쌀밥이 가득한 나의 도시락은 선풍적인 인기였다. 한 점이라도 맛보려고 달려드는 아이들에게 간혹 맛도 못 보고 강탈(?)을 당하는 웃지 못할 일도 벌어지기도 했다. 이럴 때 어머니는 실망한 막내를 위해 밥과 밥 사이에 계란 부침을 숨기는 요술을 부리는 기지로 도시락을 싸주셔서 아무도 모르게 별미를 독식할 수 있는 기쁨을 주기도 했다.

가장이 된 지금의 상황은 그림으로는 그릴 수 없는 초스피드화가 되어 있다. 맞벌이인 관계로 아침이면 거의 전쟁터 같은 광경이 펼쳐지기 때문이다. 아이는 아이대로 입맛이 깔깔하다는 핑계로 우유에 시리얼을 말아 마시듯 아침 식사를 해결하고 등교를 한다. 어쩌다 남편을 위해 차려놓은 아침상은 웰빙 시대에 걸맞게 잡곡밥이지만 햄구이에 계란부침, 맛김이 찬의 전부가 될 때가 많다. 서로 녹초가 되어 퇴근을 하다 보면 비교적 아내를 배려한다는 핑계로 위안을 삼으며 근처 식당에서 한 끼를 때우는 일도 잦아지고 있다. 어쩔 수 없는 현실이기는 하지만 밥심으로 산다는 시골 출신인 나에게 적응이 그리 쉬운 일은 아닌 것이다.

어머니의 손맛을 그리는 것은 부부싸움으로 가는 지름길이기에 그저 배려에 대한 무한 감사로 먹어야 하는 씁쓸함이 있다. 아이들의 점심도 학교 급식으로 인해 도시락은 사라진 지 오래다. 아내들의 수고를 덜어줄 수 있어 내심 찬성은 하지만 군인들이 사용하는 식판에 선택 없는 식단을 받아들여야 하는 현실 속 아이들의 현실이 안타깝기도 하다.

헛기침이 언어고 위엄이었던 예전의 가장과는 달리, 이제는 출근하는 아내의 눈치를 보며 아침상을 기대하기도 하고, 동료들과의 대화 중에 아침상을 받고 출근하는 사람은 간이 배 밖으로 나왔다는 부러움이 낀 질시의 대상이 되기도 한다. 밥심으로 산다는 것은 이미 옛말이 되어버린 지금, 물론 시대에 맞춰가는 것도 현명한 처신일 것이다. 지금이 어느 시대인데? 하는 질타가 두려워서가 아니라 멀지않던 시절, 한 아이의 눈앞에 펼쳐지던 밥으로 보여주던 사랑표현 방식이 바뀌어 경제능력으로 가늠되는 현실이 가끔은 두렵기도 하다. 내 아이는 모르는 시절에 어머니의 손길에 따라온 가족이 행복해하던 그 시절을 가끔 떠올리는 건, 아내의 소홀함이 아니라 소박했던 밥상에 둘러앉은 가족 간의 대화는 없어도 참을 수 없는 식욕이 만들어 낸, 침 넘김 소리가 너무도 정겨운 까닭이다.

별미 예찬

감칠맛이 난다는 것은 혀끝을 자극하는 음식의 맛을 보고, 그 맛에 매료될 때 주로 쓰는 표현이 아닌가 싶다. 인간이 가질 수 있는 시각, 청각, 미각, 후각, 촉각이라는 오감 중에서 가장 실질적으로 느낄 수 있고, 또 느낌과 함께 삶의 에너지가 되는 원초적인 감각이 바로 미각인 것이다. 먹는다는 것에 대한 기대와 만족은 개인의 취향에 따라 다르겠지만, 예전부터 살아가는 데 있어 최고의 비중을 차지하는 미각이야말로 가장 예민한 감각일 것이다.

예전에 비해 생활이 윤택해진 지금은 그저 집에서 차려주는 세끼 식사를 무덤덤하게 먹기보다는 더 맛있는, 평범함보다는 특이한 음식을 찾고는 한다. 일종의 별미를 말하는 것이지만, 우리가 자주 대하는 별미라는 것이 고칼로리에 후각이나 시각을 자극하는 음식이 대부분이어서 그런지 어린 시절 자연에서 얻을 수 있었던 나름대로의 별미가 가끔은 입맛을 다시게 하는 게 사실이다.

시골에서 여름방학이 오면 들일로 바쁜 부모님들이 제대로 신경 써주지 못한 먹거리의 부족을 채우기 위해 동네 형님들은 아우들을 불러 모은다. 그런 다음 한 손에는 회초리를 들고, 다른 손에는 망태기를 들고 들로 산으로 개구리 잡이를 나서고는 했다. 꼬르륵대는 배를 움켜쥐고 들풀을 헤치며 풀잎 색으로 은폐를 한 개구리를 찾아 모진 회초리질을 한두 시간만 하면 망태기 가득 개구리가 잡힌다. 그 시간 어린 동생들의 임무는 마른 나뭇가지를 주워 모으는 것으로 끝이 나고 그저 형님들의 처신만 기다리며 조용히 자리를 지키면 맛난 간식을 얻어먹게 되었다.

잡아 온 개구리는 형님들이 손과 발을 이용해 간단히 몸과 다리를 분리해 하얀 속살을 드러낸 개구리 뒷다리만 앙증맞은 모습으로 철사에 나란히 꿰어 모닥불 위로 올려진다. 서서히 익어가는 다리살에 굵은소금을 살짝 뿌리며 이리저리 돌려주면 구수한 냄새와 함께 초롱초롱한 눈빛들이 한 곳으로 모여든다. 그늘진 야산에 둘러앉아 공평하게 분배를 해주는 형님들의 베풂에 따라 자신이 잡아온 양에 대한 한 치의 불만도 없이 그저 맛있게 개구리 다리 구이를 먹게 된다. 씹을수록 아삭한 감촉에 입안을 맴도는 고소함이 침샘을 자극하는 감칠맛에 혀를 내두르며 아주 만족한 웃음이 저절로 내보이게 된다.

배고픔이 일상이었던 그 시절에는 그 정도의 섭취로는 배고픔을 감당할 수가 없어 쉽게 가시질 않는 불만족을 서로의 눈빛으로 느끼며 누구랄 것도 없이 야산 옆 밭으로 기어들어가 콩을 한 움큼씩 서리를 해와 꺼져가는 불씨에 올려 입술이 까매지는 줄도 모르고 구워 먹었었다. 식성이 좋은 아이들은 그것도 모자라 디저트로 고구마까지 서리해 먹던 그 시절의 맛 기행은 지금은 상상할 수도 없는 행위였다. 서리가 죄가 아닌 미담이 되었던 시절에나 가능했던 시골만의 추억이었다. 철마다 찐 감자나 옥수수는 기본 식량으로 먹어야 했던 시절, 어찌 보면 한편으로는 지겨웠던 먹거리였지만 지금은 그것마저도 겨우 재래시장에 가서야 맛볼 수 있는 별미가 되어 버렸다.

피자다 치킨이다 하며 먹거리가 지천인 요즘 세대와는 완연히 다른 취향이기에 가족 외식을 할 때마다 곤혹 아닌 곤혹을 치른다. 눈높이를 맞추기 위해 억지로 피자 한쪽을 먹기는 하지만 이내 입을 닦고야마는 천생 촌놈의 입맛은 쉽게 버릴 수가 없는 모양이다. 내내 즐겨 먹던 닭백숙에도 싫증이 나서 이제는 누룽지 백숙이다 뭐다 하며 가격을 떠나 미각을 자극하는 맛을 찾아 먼 길도 마다하지 않고 찾아가 몇 시간 씩 줄을 서서 기다리다 먹고 가는 사람들의 정성은 차라리 눈물겹다.

흔히 이야기하는 별미는 별스러운 음식이라기보다는 떠올리면 입가에 자연스러운 미소가 번지면서 그 맛을 그리워할 수 있는 음식이 별미라고 말하고 싶다. 풍족하지 않은 세대를 거쳐 왔어도 그 속에 추억이 있고 기쁨이 깃든 맛이 있었다면 그것이 바로 별미인 것이다. 지금은 여건상으로도 맛보기 힘든 음식이 됐지만 어린 시절 들판을 누비며 동네 형들과 동생들 손을 잡고 개구리를 찾아 뛰어다니던 모습을 그리면 고소했던 맛보다는 정겨웠던 몸짓들이 떠올라 입인 가득 더 추억의 별미를 그리워하게 한다.

손맛

음식 맛은 손맛이라는 보편화된 표현이 과연 맞는 말일까? 맨손이 아닌 고무장갑을 끼고 담그는 김치나 음식은 왠지 맛도 정성도 덜해 보인다. 그런 걸 보면 화끈거리는 온갖 양념을 맨손으로 버무리는 손맛, 이것을 두고 아마도 음식은 정성이 최고라는 뜻일 것이다. 옷소매를 걷어붙이고 이마에 땀방울이 송글송글 맺히도록 성의를 다해 만든 음식이라야 왠지 입맛도 당긴다. 그러나 천하에 없던 그 맛도 일정한 세월이 흐르면 더는 맛을 볼 수 없다는 현실에 직면하게 된다. 음식에 관한 한 둘째가라면 서운해할 어머님들의 손맛이 세월 따라 무뎌지는 안타까움이 뒤따르기 때문이다. 맨손에 고춧가루와 갖은 양념으로 겉절이를 버무려 무치고는 한 점 입에 넣어주시던 감칠맛, 양념 묻은 손가락도 함께 빨아먹던 그 맛을 떠올리면 입안에 침이 먼저 고인다.

시골에서 태어나 그곳에서만 사신 내 어머니의 손맛은 소박하고 투박했다. 별다른 재료 없이도 부엌에만 들어가시면 마술처럼 뚝딱 한상을 차려내셨다. 배가 고파 칭얼대면 지금의 고급 바게트와는 비교도 안 될 맛의 술빵을 슬며시 디밀었다. 밀대로 밀어 칼로 숭숭 썰어 애호박과 함께 끓이는 칼국수의 맛도 침을 고이게 하는 음식이었다. 그중 우리 집 최고의 별미는 한겨울에 얼음 동동 띄워 나오는 동치미였다. 그 맛은 동네의 다른 집 것과는 비교할 수 없을 정도로 인기 만점이었다. 장독 안에서 절은 무와 같이 간이 밴 고추를 씹어 입안에서 톡 터트리면 혀를 농락하는 그 개운한 맛은 장인의 경지가 아니면 흉내 낼 수 없는 천하일품의 맛이었다.

　멀리에 사는 외사촌 형님은 일년에 한번 다니러 오면 양동이째 들고 와 한가득 담아 갈 정도로 좋아했던 기억이 있다. 그 맛은 큰 형수님이 이어받아 지금도 간간이 담으시지만, 초겨울과 이른 봄 때의 맛이 어머니의 솜씨와는 달라 안타깝기만 하다. 자식들이 당신 생신 때 거칠어진 손마디에 끼워준 은가락지 빛깔이 변하도록 밤낮으로 이어 나르고 차려 준 밥상은 영양을 떠나 사랑 그 자체였고, 지금의 우리 칠 남매를 있게 해준 원천적인 힘인 것이다. 그러나 지금 어머니는 세상에 계시지 않고, 손맛도 음미해볼 기회를 잃었다. 다시는 맛볼 수 없는 이 세상 단 한분의 손맛을 말이다.

　혼자서 객지생활을 하다 보면 잠자리도 문제지만 먹을거리는 끼니마다 다가오는 큰 걱정거리다. 처음이야 이것저것 사 먹으면 되지만 일정한 시간이 지나면 조미료가 범벅된 식당의 음식은 금방 질리게 된다. 오랜 객지생활에 이골이 난 나는 나중에는 무조건 맛있다 맛있다 하며 이미지 트레이닝을 할 정도로 먹을 것에 시달리고 있었다. 그래서 홀로 사는 모두는 솔로 탈출을 꿈꾸는지도 모른다. 나도 예외는 아니었는데 뒤늦게 행복이 찾아오려고 했는지 현지가 고향인 아내를 만났다. 결혼을 약속하고 처음 인사를 드리러 처가에 갔다. 그런데 두 눈이 휘둥그레질 만큼 사윗감을 대접하는 밥상치고는 너무 화려하고 푸짐했다. 생선의 눈에 붉은 고추를 넣어 장식을 했는가 하면, 실치 볶음인 줄 알았던 음식이 더덕을 잘게 찢어 무친 처음 보는 아주 맛난 음식들이었다. 나중에 알고 보니 장모님은 그 도시에서 알아주는 잔치 음식의 대가였다.

시골 출신으로 나물무침에 익숙해진 나의 혀는 화려한 음식 차림과 현란한 맛에 놀랐다. 그 후 색다른 맛을 보려고 요런 저런 핑계를 대고 처가에 갔다. 갈 때마다 요리를 즐기시는 장모님의 손이 마치 춤추는 듯 리드미컬하게 움직여 무척 신기했다. 만두만 해도 마치 기계에서 만들어져 나오는 것처럼 손끝에서 순식간에 빚어 나온다. 우리 결혼식 음식조차도 관례처럼 양가에서 준비하는 게 아니라 장모님의 제의로 한꺼번에 처가에서 장만했다. 다녀간 하객들은 뒤에 만나는 사람마다 이구동성으로 "결혼식장을 많이 다녔지만 그런 음식은 처음 먹어봤다."라는 반응이었다.

시간이 흘러 음식 만들기와 나눠주기를 삶의 기쁨으로 사시던 장모님도 세월을 비껴가지는 못했다. 그 깔끔했던 맛은 더러 짜지고 예전의 맛과는 달라, 나를 비롯해 처가식구들의 갸우뚱한 표정을 보였고 자존심이 상한 장모님의 재료 탓도 습관적으로 늘어만 갔다. 지금은 그 화려한 명성에 걸맞은 대가의 손맛은 아니지만 이제 어머니란 이름으로 홀로 남아 계신 장모님의 손맛 부활을 기다리고 있다. 그리고 아직은 사위를 위해 손수 해주시는 음식에 찬사를 아끼지 않는 열혈 팬으로 남아있다. 아니 영원히 남아있고 싶다.

어머니의 손맛이 그리운 까닭은 아마도 현대에 사는 아내의 손맛이 어머니 대 와는 다른 까닭도 한몫은 할 것이다. 한겨울 어머니가 손수 찢어 뜨거운 고구마에 감아올려 준 시큼한 김치, 그 맛이 유년시절 그리운 손맛의 절정이다. 지금은 장모님이 돼지고기를 넣어 만든 김치찜이 최고의 맛이 되어버렸다. 나는 늘 입버릇처럼 음식은 입으로 먹는 게 아니라 마음으로 먹는 거라고 어린 아들에게 잔소리를 한다. 아마도 커서 그리운 맛을 되새길 줄 모르는 세대가 될지 모를 아들이 안쓰러워 그러는 것이기도 하다.

세월이 흘렀어도 잊지 못하는 어머니의 손맛은 정녕 타고난 것일까? 아니다. 자식을 향한 끝없는 정성이 김치가 금치가 되는 기적을 만드는 것이다. 음식을 만든 후 맨 먼저 간을 보고 다시 자식의 입맛에 맞추는 정성이 토대가 되어 두고두고 그리운 맛을 우리 가슴에 심어주신 것이다. 어머니의 손끝에서 우러나는 신비한 맛의 정성은 사랑을 초월한 위대함이다. 다시는 돌이킬 수 없는 어머니의 그리운 손맛, 어쩌면 아내가 조금이라도 그 솜씨를 이어받아 어린 아들에게 심어줬으면 한다. 비록 입맛으로만 남아있는 김치가 아니고, 애호박이 넘실대는 손칼국수, 겨울 동치미가 아니더라도 그 끝없는 사랑만큼은…… 말이다.

작은 소망, 큰 기쁨

사람들은 만족한 삶을 살기 위하여 어느 정도의 노력을 할까! 궁금할 때가 있다. 기쁨을 누리기 위해 과한 욕심을 부리는 건 아닐까! 어느 날 미처 생각하지도 않았던 곳에서 기쁨을 느낀다면 얼마만큼의 행복을 느낄까! 아주 작은 것, 사소했던 주위의 모든 것에 약간의 관심만 가져준다면 사소한 그들이 주는 그 기쁨의 크기는 엄청난 활력이 될 것이다.

한때 나는 산이 좋아 자칭 산사람이라 칭하며 우리나라 대부분의 명산을 섭렵해 건강과 생활에 자신감을 안고 지내며 그로 인한 과도한 자만심으로 이제 갈만한 산이 없다며 우쭐대었고, 시간이 흐르며 산악회의 일원이라 어쩔 수 없이 흥미 잃은 산행을 하곤 했었다. 그러던 중 무언가 산행의 묘미를 다른 방법에서 찾다가 등산로가 아닌 곳에 들어가 오랜 세월 땅 밑에 몸을 숨긴 채 곧은 모습으로 골격만은 갖춘 괴목을 수거해와 손질하고 그 몸체에 풍란을 심는 이른바 목부 작에 취미를 두게 되었다.

썩은 가지는 절단 후 사포질과 여러 번의 손질을 거치고 화원에서 비교적 저렴하게 구입한 풍란을 접목시켜 뿌리를 내리게 하는 작업이었다. 작업은 손이 많이 가고 힘들긴 해도 지인들에게 한 작품씩 나누어주면 무척이나 좋아하는 모습에 신이 나곤 했다. 열심히 괴목을 채취해와 풍란을 심어 완성하는 일이 즐거워지니 자연히 아파트 베란다에 하나 둘씩 목부작의 수는 늘어갔다. 푸른 얼굴로 나를 대하는 풍란으로 인해 어둑하고 칙칙했던 베란다를 찾는 시간이 잦아졌다.

물주는 것을 며칠 잊어버리면 시들시들 하다가도 한껏 뿌려주면 방긋 웃어주는 이 기쁨을 혼자 즐기게 되었다. 그러나 달리 영양제나 다른 거름도 필요 없고 수분 공급만 제때 해주면 잘 자랄 줄 알았던 요놈들이 어느 날부터 푸실푸실 해지더니 급기야 잎사귀가 누렇게 말라비틀어져 떨어질 때면 마음을 아프게도 했다. 무엇이 문제인지 골몰하며 풍란을 나눠준 지인들에게 물어보았다. 그쪽도 나와 같은 현상으로 가꿈을 포기하고 해결책 찾기에 골몰하던 차에 이사를 하게 되었다.

때마침 아파트는 동남향이라서 베란다에 다시 틀을 짜고 조심스러운 손길로 풍란의 접목을 시도했다. 버티칼로 햇빛의 유입을 약하게 조절하고, 작은 식물이지만 생명을 소중히 다뤄야겠다는 생각으로 전보다 더 심혈을 기울여 수분공급에 정성을 쏟으며 잎사귀 하나하나를 닦아주는 나를 보고 아내는 물끄러미 바라보며 "나한테 저 정성의 반이라도 쏟으면……"하는 눈총을 주기도 했지만, 쭉—쭉 뿌리를 내리며 살아나는 생명이 신기해 눈길을 뗄 수가 없었다.

그런 정성에 답한 것일까 어느 날 큰 이유도 없이 아내와 다투고 난 뒤 구겨진 마음으로 베란다로 향했다. 그리고 베란다 문을 여는 순간 향긋한 내음과 함께 손톱만한 크기로 순백의 옷을 입은 꽃이 나를 맞이하는 것이 아닌가! 순간 좀 전의 말다툼은 잊은 채 "어이! 이리 와봐 어이구! 어이구!"만 외쳤다. 방 안에서 훌쩍대던 아내가 놀라 뛰쳐나와 내가 가르치는 곳을 보더니 나보다도 더 호들갑을 떨며, "오늘이 부활절인데 우리에게 주는 선물인가 봐요. 선물!"한다.

서로 손바닥을 부딪치는 환희로 자연스러운 화해와 행복을 일순간에 공유할 수 있었다. 곱다고 하지만 선뜻 손 내밀지 못하는 가냘픔, 반 평 베란다를 자신의 향내로 가득 물들인 저 위대한 힘, 처음 느끼는 순백의 새초롬한 자태에 며칠 동안 떠나지 않던 기쁨은 이루 말할 수 없는 희열 그 자체였다. 동양란 중 한 해의 시작을 알린다는 '보세란 報歲蘭'이 있다. 말 그대로 1년 동안 정성껏 가꾸어준 주인에게 새해 아침에 향기로운 꽃으로 인사를 드린다는 난이다. 내 베란다의 풍란도 보세란 못지않은 기쁨을 내게 주었다.

작은 정성에 답해준 큰 기쁨, 그 소중함을 느끼는 건 돈도 그 무엇도 아니었다. 과하지 않은 관심과 적절한 정성 모든 것이 어우러진 결과물이다. 사람도 사물도 쉽게 포기하지 않고 실망하지 않고 끝까지 기다릴 수 있는 마음의 여유가 필요하다. 자신의 참모습을 보여줄 때까지 기다려주는 인내심이 필요하다는 생각이 든다. 그것은 비로소 기쁨과 행복을 한꺼번에 가져다주는 선물이 아닐까?

눈물

눈물 한 방울로는 이겨낼 수 없는 격정의 순간, 가슴 깊이 쌓아 놓았던 고귀한 무엇을 잃어버린 슬픔으로 무너지는 감정은 스스로 컨트롤할 수 없는 능력 밖의 일이다. 넋이 나간 표정에 마치 삶을 포기라도 하려는 마음의 무너짐은 아마도 슬픔이 던져준 고통의 산물이다. 다시 마음을 추스르기엔 한참의 시간을 요하는 긴 후유증 속에서 유독 오래 남아 두고두고 힘들게 하는 슬픔이 꼭 동반하는 존재, 그 존재의 탄생은 결국 사람이 만들어낸다.

우리네 정서상 묘하게도 기쁠 때나 슬플 때나 가장 먼저 내세우는 것은 눈물이다. 맨 앞에 나서서 내보이며 기쁨과 슬픔의 양이나 소리로 그 사람이 느끼는 감정의 강도를 보여준다. 한없이 기뻐도 울고 슬퍼도 운다. 인간은 태어날 때부터 눈물 한 방울로 삶을 시작한다. 갓 태어난 아이가 울음이 없으면 의사는 엉덩이를 때려서라도 울음을 터트린다. 물론 슬픔의 눈물을 흘리는 건 아니다. 탄생의 고통에 대한 보상으로 힘찬 포효를 원하는 바람이 가미된 기대이기 때문이다. 원초적인 눈물은 말을 하지 못하는 아기한테는 의사표현의 도구가 되기도 한다. 배가 고플 때나 아플 때, 무언가 요구 사항이 있을 때 울음으로 어미의 시선을 유도해 불편함을 해소하는 현명함을 보이기도 한다.

시도 때도 없이 흘리는 게 눈물이지만 그 액체가 가지는 효력은 대단하다. 다시는 용서할 수 없는 일을 저지른 이가 나타나 눈물로 하소연하면 하면 코끝이 찡해지며 용서를 하게 된다. 그간의 앙금이 눈물로 씻어지는 놀라움을 보여준다. 무언가 안 풀리고 뜻대로 되지 않아 혼자 울고 싶은 충동을 느낄 때 실컷 울고 나면 오히려 마음이 정화되어 몸도 개운해지곤 한다. 답답함이 풀어지며 다시 일상으로의 복귀가 쉬워지는 치료제가 되는 것이다. 어떤 명약으로도 치유될 수 없는 상황임에도 눈물 한 방울의 효력은 어떤 생리적 이치도 초월하게 하는 신묘함이 있다.

인간이 평생 흘리는 눈물의 양은 얼마나 될까? 여러 소식지에 의하면 정확한 양은 개인의 감정이나 사는 환경 등에 의해 다를 것이나 대략 1.8L의 눈물을 흘린다고 한다. 한 맺힌 삶을 살아온 이는 눈물이 마를 날이 없어 양이 많을 것이고, 반대로 감정이 메마른 사람이면 그 양은 미세할 것이다. 또한, 감수성이 예민한 사람도 작은 감정에 흔들려 곧잘 눈물을 흘리고는 하는데 우리 집 예만 들어도 나와 아내와 아들이 TV를 보고 있다가 슬픈 장면이 나오면 제일 먼저 어린 녀석이 훌쩍거린다. "쟤 또 우네"하는 아내의 눈가도 이미 그렁하다. 체면상 헛기침 하는 나도 가는 줄기가 흘러내릴 정도로 우리 가족 눈물 코드는 맞는 것 같아 가끔은 서로 쳐다보며 울다 웃다, 서로 흉을 보기도 한다. 이렇듯 눈물은 감정의 일치를 가져올 때도 있지만, 혼자만이 간직한 슬픔의 눈물은 누구에게도 보이고 싶지 않은 비밀로 남겨놓고 가슴앓이를 하는 연민의 주인공이 되어 심금을 울리기도 한다.

부모의 완강한 반대에 부딪혀 사랑을 이루지 못하는 안타까운 이야기를 자주 접하게 된다. 반대를 무릅쓰고 끝내 결혼에 골인하기까지 수많은 고민과 눈물을 흩뿌리며 아픔을 받아들인다. 마치 당연한 것처럼 사랑과 이별과 눈물은 어떤 공식과도 같이 붙어 다니는 필요와 불필요의 관계이다. 으레 한 번쯤은 아픈 사랑을 경험해야 성숙해진다는 대중가요의 가사처럼 눈물이 휩쓸고 지나가야 참으로 귀한 사랑을 쟁취했다 할 정도로 눈물은 절대적 위치를 지니고 있다. 그런가 하면 실제 흘리는 눈물보다 아픔을 표현하는데도 눈물은 자주 사용된다.

　얼마 전 방영된 「아마존의 눈물」을 보며 그간 공개되지 않았던 미지의 아마존 실상과 점점 파괴되어 가는 그들의 삶의 터전을 바라보며 많은 이들이 마음속으로 뜨거운 눈물을 흘렸을 것이다. 우리와는 판이한 삶, 아직도? 라는 의문의 눈빛으로 바라보다 아무런 대책도 없이 처참히 무너져 가는 그들을 바라보며 안타까움에 한두 번은 눈물을 훔쳤을 것이다. 이렇듯 어떤 아픈 실체를 목격하게 되거나 혹은 아픔을 상징하는 비유에도 반드시 눈물이 등장한다.

　우리 삶에 내장된 하소연이나 때로는 해소책으로 함께하는 눈물, 살면서 눈물이 마를 날이 없다는 불행을 안고 사는 사람은 어떤 방법으로 슬픔을 이겨낼까? 하염없이 흐르는 눈물만 달고 살아갈 수는 없을 것이다. 사람이 평생 흘리는 눈물의 이유가 슬픔으로 흘리는 눈물보다 기쁨으로 흘리는 눈물이 많았으면 좋겠다. 그 양에 상관없이 모두가 행복에 겨운 눈물이었으면 하는 바람이 있다. 슬픔이나 고통이 따르지 않는 온통 기쁨이 넘쳐흐르는 눈물, 아니 아름다운 미소를 타고 흐르는 고귀한 눈물이면 우리 모두의 삶이 행복으로 넘쳐흐르지 않을까 생각해 본다.

뒤 돌아보면 | 전영구 수필

바라보고, **돌아**보다보면 **힐링**이

된다. 자연스럽게

나만을 위하기보다는

바라보고, 돌아보면 보이는 모두를 위해

가슴을 모으면

어느덧 힐링이라는 묘약을 얻게 되지 않을까?

싶다.

긍정의 힘

긍정이 주는 가치는 뭐라 표현할 수 없을 만큼 큰 의미를 지닌다. 여유를 가지고 할 수 있다는 자신감을 키워 주기 때문이다. 부정에 스스로 묶여 일찍 포기를 선택하는 것보다 무언가 실마리를 찾아내고 헤쳐 나갈 수 있는 계획을 설정하게 한다. 하면 된다는 자신감, 할 수 있다는 의욕의 충만을 가져와 절망을 떨쳐버리는 힘을 기르게 되는 것이다. 긍정의 힘을 키우는 데는 여러 방법이 있다. 그중 가장 쉬운 것은 유머를 통한 것이다. 웃음을 통해 마음을 열고 즐거움의 여유를 찾으면 바로 긍정의 힘이 생긴다.

유머의 한 대목을 빌리자면 평소에 친분이 있는 할머니를 오랜만에 길에서 만나 "여전히 건강하시죠?"하니 "응. 아주 건강해. 말기 암만 빼면 아주 좋아" 하시더란다. 이만한 긍정이 어디에 있는가. 웃음을 넘어 어떤 철학까지 느끼게 하는 대목이다. 할머니 입장에서는 살 만큼 살았고, 인생의 즐거움도 맛보았으니 이젠 마지막 가는 길도 즐겁게 간다는 긍정의 철학이 작용한 것일 것이다. 어찌 보면 참 못 말릴 유머이기도 하다.

무슨 일에건 설령 자신에게 해를 끼쳐도 긍정적인 생각을 하면 모든 일이 싱겁게 해결이 된다. 키가 작다고 놀리는 이에게는 내 키는 그대로 있는데 당신이 나보다 좀 더 클 뿐이요. 하며 상대의 입을 막을 수 있는 재치가 겸비된 유머를 구사하는 것도 긍정적인 면을 키우는 한 방법이다. 뚱뚱하다고 놀리는 이에게는 당신의 몸이 왜소하게 느껴져 그렇게 보일 수 있다는 다소 억지스러운 답변도 때로는 필요한 대응 방법이기도 하다. 자신을 방어함과 동시에 상대편을 머쓱하게 만드는 긍정의 힘은 여러 가지 교훈적인 면에서도 드러난다.

미국의 존슨 대통령은 한 나라를 통치하는 지도자가 초등학교 학력이 말이 되겠느냐는 상대 당의 공세에 예수 그리스도도 초등학교를 나왔다는 말을 들어 본 적이 없다며, 정치에 그깟 학력이 무슨 소용이 있느냐며 의연하게 대처를 했다고 한다. 그런 일이 있은 후, 존슨은 오히려 국민으로부터 두터운 신임을 얻음과 동시에 비방선전을 일삼던 상대 당은 국민으로부터 더 큰 빈축을 샀다고 한다. 자신의 결점을 긍정의 힘으로 벗어난 좋은 예가 된 것이다.

세계 2차 대전 때에 독일군의 폭격으로 버킹엄 궁의 벽이 무너진 일이 있었다. 나라의 상징이자 자존심이 무너졌다고 국민들이 절망에 빠져 있을 때, 엘리자베스 여왕은 '독일군의 폭격으로 왕궁의 벽이 허물어져서 오히려 왕실과 국민 사이가 더 가까워져 기쁘다'는 대 국민담화를 발표해 전쟁의 두려움에 떠는 국민들에게 희망의 메시지를 전했다. 이에 국민들은 왕실을 더 존경함은 물론 민심이 하나로 단결하는 어마어마한 힘을 발휘했다고 한다. 긍정의 힘은 어려운 고난에서도 결코 절망하지 않으며 오히려 여유의 기지를 발휘해 자신을 일으켜 세우고, 온 국민에게 행복을 보너스로 전해주는 매개체 역할을 톡톡히 하고 있는 것이다.

자신에게 주어진 절망적인 상황을 쉽게 포기하는 사람은 포기만으로 끝이 나는 게 아니다. 자신의 잘못을 불특정 다수에게 불만을 대며 묻지마 범죄라는 엄청난 파장을 불러오기도 한다. 모든 걸 남 때문이라는 핑계로 합리화시키기 위해 끔찍한 범죄도 서슴지 않는 것이다. 긍정의 힘을 갖지 못하는 것은 자신을 돌아보지 않는 까닭일 수도 있다. 부정을 너무도 쉽게 받아들이다 보면 절망과 외면이 일상화되는 악순환이 지속되기 때문에 자기 조절에 실패하는 지름길로 가는 최악의 상황을 맞이하게 된다.

긍정의 힘을 조금씩 기르다 보면 생각의 패러다임 paradigm (이론적 틀)이 바뀌게 된다. '직장생활에서도 나는 지금 내가 설 수 있는 자리에 머물러 있다. 다만 남들이 조금 더 높은 위치에 있을 뿐이다.'라는 긍정을 통한 자기 방어를 능숙하게 할 수가 있다. '나는 조금 몸집이 건강하다, 다만 남들이 너무 마른 까닭에 좀 뚱뚱해 보일 뿐이다.' '나는 지금 조그만 평수의 아파트에 살고 있다, 남들이 좀 더 큰 아파트에 살고 있을 뿐이다.'라는 생각으로 어려움을 극복하며 생활할 수 있다. 이런 무한 긍정에도 문제는 있다. 자칫 모든 경우에 무기력하게 보일 수도 있다는 단점이다. 그러나 어차피 당장 이루기 힘든 과제에 눌려 스트레스를 받는 것보다 좀 느긋한 마음으로 대처하자는 생각의 변화를 얻게 된 것이다. 중요한 건 마음가짐이다. 현재 처한 것에 안주하지 않고 노력이 뒤따라야 행복할 수 있다.

긍정만 가지고 세상을 살 수는 없다. 긍정이란 다음을 도모하기 위해 약간의 시간을 벌 수 있는 마음의 휴식이라고 생각하면 된다. 자신을 돌아보고, 남을 바라보며 적절하게 대응할 수 있는 여유가 바로 긍정에서 나오는 힘의 원천인 것이다. 그러나 무작정의 긍정, 대안이 없는 긍정은 삶의 후퇴를 초래할 수 있다. 실제 어려운 처지인데도 긍정이라는 변명으로 일관한다면 더는 발전을 기대할 수 없다. 긍정적인 마인드에 적극적인 대처가 행복으로 가는 지름길로 우리를 인도 할 것 이다.

연어의 삶처럼

골몰히 삶의 이유를 자신에게 되묻곤 할 때가 있다. 무엇을 목적으로 살며 지금 살아가는 방식이 과연 옳은 것인지에 대한 의문에 사로잡혀 혼란한 머리를 탓하기도 한다. 인간으로서 해야 할 일은 다하며 살아가는지, 순리를 역행하며 남에게 피해를 주며 사는 것은 아닌지 하는 어찌 보면 쉬우면서도 잘 깨닫지 못하고 지나가는 우를 범하고 산다. 인간이기에 가능하고, 인간이기에 수정할 수 있는 능력을 지녔지만 실천하지 못하는 게 인간이 지닌 본능이기도 하다. 자신에 너무 치우쳐 이유 없는 선택을 곧잘 지시하는 뇌 구조를 스스로 컨트롤하는 영악함을 때론 실수라고 하며 지나가지만, 그것을 빌미로 자학하는 미련함을 동시에 지닌 건 한낱 미물보다도 못한 모습이다.

인간이나 동물, 온갖 미물들이 본능적으로 갖는 욕망은 번식에 따른 종족 보존에 있다. 어미가 아이를 낳고, 잘 기르는 것이 삶의 목적이 되어 남보다는 좋은 환경과 풍요를 위해 투쟁을 하기도 한다. 때론 그것이 지나쳐 같은 종족끼리도 총, 칼을 들이대는 비극을 연출하기도 하는 것이다. 삶의 목적이 변해버린 맨 선두에는 단연 인간이 앞선다. 한때 母情이니, 父情이니 하며 맹목적인 사랑을 퍼붓던 사람들도 점점 각박해지는 시류를 타고 냉철해진 이기심이 팽배해 한 치의 양보도 없는 대립을 보인다.

인연이 다해 이혼이라는 극단적인 결정을 할 때면 자식이 마치 서로의 분신인양 내세우던 이들도 감정이 극에 치달으면 '널 닮았으니 네가 데려가' 라는 악다구니를 치며 그야말로 인간의 막장을 보여주고 뒤도 돌아보지 않은 채 헤어진다고 한다. 드라마에서 보았던 친권이나, 양육권 쟁탈전은 어디에서도 볼 수 없을 정 도로 싸늘하고 냉정하게 감정을 거둬들인다는 것이다. 사랑을 목적으로 만나 최고의 환희로 얻은 자식이 사랑이 식었다 하여 서로의 감정으로 채찍질을 해대니 자식의 앞날을 누가 보장할 것이며 어떤 길을 걷게 될지는 불 보듯이 뻔한 이치가 아닌가 싶다. 흔히 말하는 결손 가정이 나날이 늘고 그 사이에서 자란 아이들이 사회를 살아가는데 책임감이 부족해지면 결국 남 탓만 하게 된다. 그러다 보면 사회의 일원으로써도 겉돌게 되고 비행을 저지르게 되어 그 피해는 이 시대를 사는 우리가 고스란히 떠안아야 할 문제인 것이다. 내 스스로 낳은 자식까지 별책부록처럼 선택권을 가지고 논한다면 죽음으로써 새끼를 낳고 지키는 연어의 모성이 존경해야 할 대상이 아닌가 싶다.

연어는 자신이 태어난 곳을 찾아 갖은 위험을 무릅쓰고 거센 강물을 거슬러 올라 꼬리와 지느러미, 온몸이 다 헤지도록 물속의 돌을 파헤쳐 구덩이를 만든다. 그곳에 자신의 분신이 될 알을 혼신의 힘을 다해 낳고는 죽음을 맞이한다는 숭고한 이야기는 모두가 아는 사연일 것이다. 더 놀라운 사실은 죽은 후에도 물에 떠다니며 어린 새끼의 먹이가 되어 준다는 것이다. 거센 물결에 밀려 떠내려갈 때까지 지키는 희생을 감수하며 남은 몸조차도 수초의 영양분이 되어 식량을 만들어 주는 그야말로 자식을 위해 온전한 희생을 바친다. 이는 자연의 섭리라 하기엔 너무 놀라운 모성을 보여 주는 것이다.

연어가 위험을 헤치고 알을 낳아 새끼가 태어나 자랄 공간을 만들어 주듯, 사람으로 자식을 위해 얼마나 희생된 삶을 살고 있는지 생각해야 한다. 부모의 이기주의적 행동으로 인해 행복해야 될 삶에서 이탈되어 살아가는 아이들이 늘어만 간다니 참으로 걱정스럽고 놀라운 일이다. 처음에 사랑으로 다짐한 맹세처럼 끊임 없는 관심과 희생, 그리고 극진한 보살핌이 절실하게 필요한 것이다. 자식을 곧은 길로 이끄는 이정표가 될 올바른 부모의 의무가 잘 이행될 때야말로 자신이 태어난 곳을 향해 목숨을 걸고 찾아오는 회귀본능, 바로 부모의 품이어야 한없는 사랑이 빛을 바라지 않을까한다. 만물의 영장이라는 인간, 더 이상의 머뭇거림 보다는 몸으로 마음으로 연어의 숭고하고, 성숙한 희생을 본받아야 되지 않을까 한다. 인간이기에 할 수 있는 생각과 개선을 통해 변신을 하는 참다운 모습으로 말이다.

재치의 미학

'말 한마디로 천 냥 빚을 갚는다' 라는 말이 있다. 그만큼 말이란 살아가는 데 있어 중요한 위치를 차지한다. 아무리 화가 나는 일이 있어도 열과 성을 다해 상대방을 이해시키는 말을 건넨다면 화는 쉽게 수그러지고 오히려 신뢰하는 마음이 생긴다. 오가는 말속에 정감이 있고 웃음이 있고 생활에 활력을 줄 수 있는 게 말이 주는 매력이다. 많은 사람들이 모여 있을 때도 무작정 주고받는 무미건조한 말보다는 기쁨을 주는 유쾌한 말 한마디는 분위기 쇄신은 물론 서로를 가까이할 수 있는 묘한 힘을 발휘한다.

나이를 떠나 재치 있는 말을 하기란 쉽지 않다. 누구의 재능을 물려받았는지 아들 녀석과 동행을 해 본 지인들은 "이 녀석은 누굴 닮아 이러니?"하며 고개를 젓는다. 이유를 물으니 어느 식당에 가건 나올 때는 주인한테 꼭 명함을 달라 한단다. 왜 명함이 필요한지 물어보면 이 식당음식이 자기가 꼭 먹고 싶었던 맛이라며, 아빠한테 꼭 한번 드시라고 소개하고 싶어 그렇게 했다고 한다. 어린 나이를 감안해보면 어이가 없지만 참 즐겁고도 기특한 말이 아닌가 싶다. 남을 말 한마디로 즐겁게 하기란 쉽지 않다. 맛있게 먹고 칭찬을 받는 녀석의 말솜씨야말로 실로 타고 난 재주가 아닌가 한다. 가벼운 말이라도 한마디에 재치가 섞이면 그 말의 효과는 즐거움이 배가되어 돌아온다.

평소 농담하고는 담을 쌓고 지낼 것 같은 사람들의 재치 있는 한 마디는 많은 이들을 즐거움에 빠지게 한다. 우리 가족이 다니는 성당의 보좌 신부님이 1년의 임기가 다해 다른 본당으로 발령이 났다. 헤어짐을 앞두고 한마디씩 소감을 묻는 자리에서 한 신자가 "신부님 그간 변한 게 뭐 있어요?"라는 질문을 했다. "부임해 올 때는 계란 한판 이었는데(30살) 갈 때는 베스킨라빈스(모 아이스크림 이름, 31살을 뜻함)가 되었네요."하신다. 신부님의 이 한마디에 가라앉은 분위기는 웃음꽃이 피었다. 짧은 소회지만 참 재치가 스며든 말이 아닌가 싶다. 아쉬운 헤어짐으로 인해 엄숙해진 분위기는 한순간에 박수를 동반한 웃음의 장이 되었다.

모든 일에 행동보다 말이 앞서는 사람들은 곧잘 구설수에 올라 곤란을 겪기도 한다. 오해를 만들고 이해를 시키는 곳에도 항상 말이 우선한다. 오해로 꼬여 이해를 시켜야 할 때 같은 말이라도 재치가 스며있다면 효과는 기대 이상이다. 재치 있는 말을 할 수 있는 능력은 타고나기도 하지만 생각을 하고 적재적소에 구사할 줄 아는 또 다른 재치가 필요하다. 말 한마디로 분위기를 급랭시키는 재주를 지닌 이들의 대부분은 남을 배려하기보다는 자기 입에서 나오는 말을 아무런 여과 없이 내보내기 때문이다. 순수한 마음에서 우러나오는 맑고 상큼한 말솜씨는 누가 들어도 즐거움을 느낀다. 말이란 크게는 인종과 나이에 관계없이 서로 소통하게 하는 최고의 기술이다. 언제 어디서든 어떤 방법으로든 상대의 마음에 웃음꽃을 피우게 하는 재치 있는 말이야말로 삶의 청량제가 될 수 있게 만드는 최고의 기술이기도 하다.

가족이 힐링이다

　　어디에서도 치유의 방법을 찾을 수 없는 병이 있다면 슬픔만이 존재할 뿐이다. 불치병이라는 이름으로 다가와 사람의 힘으로는 해결할 수 없는 고통을 맛보게 된다. 生老病死라는 인간의 삶의 행로에는 갖가지 일이 일어난다. 기쁨 주는 탄생에서 늙기까지, 갖가지 병에 시달리기도 하고, 대부분은 명이 다해 죽음이라는 슬픈 마지막 길을 맞이하게 된다.

　　사는 동안 어느 정도의 기쁨과 행복을 누리고, 고통과 불행을 감수할지는 아무도 모른다. 살아가는 동안 자신의 안락한 삶의 질 향상을 위해 노력하기는 하지만 경제활동에 대한 노력일 뿐, 마음의 행복을 추구하는 이는 드물다. 설령 추구를 한다 해도 방법을 몰라서 주어진 행복을 다 누리지 못하는 경우가 태반이다. 마음으로 얻은 병은 마음으로 치유해야 하는데 우리는 너무 광범위한 곳에서 방법을 찾기 때문에 어렵게 살고 있는 것은 아닌가 싶다.

　　보편적으로 늦은 나이에 가정을 꾸려 얻은 자식은 그저 존재만으로도 엔돌핀이 솟아난다. 안고 어르고 입을 맞추고도 모자란 애정 표현은 뭐를 해

주든지 늘 부족하게 해준 것만 같은 미안함에 사로잡히기도 한다. 출근 전, TV를 통해 전하는 뉴스를 시청하며 하루를 시작하는 나에게 방해꾼이 나타났으니 다름 아닌 아들 녀석이었다. 눈을 뜨면 무엇이 그리 바쁜지 얼른 아빠 곁에 누워 순식간에 리모컨을 접수하고 익숙한 손놀림으로 채널을 변경시킨다. 글도 모르는 녀석이 언제부터인가 TV 만화에 푹 빠져서 틈만 나면 채널을 고정시켜 팔자에 없는 만화를 봐야만 했다.

사회에서는 한 성격하느니 어쩌느니 하는 아빠의 권위는 땅에 떨어진 채, 단 한 번의 저항도 못 하고 녀석에게 짧은 행복을 빼앗겨버리고 패잔병처럼 세면대로 향하는 나의 뒷모습에 항상 아내의 행복한 미소가 등을 다독여주고는 했다. 마치 점령군 같은 아들의 모습에 저절로 웃음이 터져 출근으로 경직된 마음이 언제 그랬냐는 듯 치유가 되고는 했다.

늦은 나이에 사랑니가 솟아 X-RAY를 찍고 나니, 의사는 사랑니가 골치 아프게 자리 잡았다며 수술을 해야 한다고 했다. 몇 시간의 투쟁 끝에 발치는 했는데 밀려오는 고통은 어른인 내 눈에 눈물을 흐르게 했다. 걱정스러운 눈으로 나를 바라보던 아들은 늦게까지 아빠의 눈치를 살피더니 잠이 드는 듯 보였다. 시간이 갈수록 아픔은 더 심해졌고 밤새 끙끙 앓는 소리를 낼 수밖에 없었다. 밤새 고통으로 시달리다가 새벽이 되어 겨우 잠이 드는 듯했는데 아들 녀석의 기척에 깨고 말았다.

아침이면 생글거리는 얼굴로 아빠에게서 리모컨을 강탈하던 녀석의 얼굴은 온데간데없고 나를 한참 쳐다보더니 "아부지! 오늘은 만화 안 볼 게요.

네?"하는 거였다. 통통 부은 볼도 보기 흉한데 입가에 흐르다 굳어버린 핏자국을 본 녀석이 그동안 아빠에게 강탈해간 것을 오늘만큼은 양보하겠다는 표정이었다. 비장한 아들 얼굴에 어찌나 웃음이 나던지 덥석 끌어안고 행복의 눈물이 낀 웃음을 짓고 말았다. 아픔의 치유는 의사가 아니라 바로 어린 아들의 대견한 생각으로부터 시작된 것이다.

중년에 들어서도 옷이나 신발 등 패션에 대한 욕심은 줄어들지 않아 아내로부터 잔소리를 듣는 편이었다. 아직은 아저씨 패션에 더 불편함을 느껴 이십대 아이들에게 주로 판매가 되는 의상을 인터넷 쇼핑몰을 이용해 구입해서 입는다. 심심할 때면 클릭을 하며 이것저것 눈요기를 하고 있으면 어느새 그만 좀 구입하라는 아내의 한마디가 날아와 가슴에 꽂힌다. 젊음은 내가 만드는 거지 누가 해주나?하며 하이탑 운동화를 구입했다. 그리고 며칠이 지나 다시 쇼핑몰을 돌아다니는 데 엊그제 구입한 운동화보다 더 눈에 띄는 제품이 있어 나도 모르게 구매하기를 클릭하고 말았다.

불 본 듯이 뻔한 아내의 성화를 피할 길을 찾던 중, 이제는 중학교에 다니는 아들을 불러 제품의 우수성을 설명한 뒤 선물이라는 알량한 거짓과 함께 신을 것을 종용했다. 어려서도 애답지 않은 센스가 있던 아들은 구석에 밀린 아빠의 심정을 이해한다는 듯, "신어 드릴게요."하며 능글맞은 웃음을 보인다. 다행히 아들의 넓은 배려로 무사히 신상품을 손에 넣을 수 있었다. 졸이던 마음은 사라지고 오히려 뻔뻔하리만큼 당당하게 클릭할 수 있는 계기가 마련된 것이다.

물론 배려 뒤에는 숨겨진 조건이 있었다. 자신이 필요한 것이 있는데 엄마한테 거부당할 것 같은 느낌이 들면 아빠에게 SOS 치는 것이다. 은근한 눈빛 협박과 알듯 모를 듯한 웃음을 흘리면서 말이다. 맘고생에 대해 치유를 해 준 몫을 요구하는 것인데 가족이라야 가질 수 있는 교류가 아닌가 싶어 가끔은 흔쾌히 녀석의 손을 들어주고는 한다. 아빠와 아들 간에 상생의 구조가 너무 일찍 시작된 것이 아닌가 싶어 살짝 걱정도 되기는 한다.

시대가 변해가면서 아들과 친구처럼 지내야 한다는 말에는 유교적인 가풍에서 자란 나로서는 100% 공감은 못하지만, 서로를 필요로 할 때는 엄마에게 대항할 우군이 필요하기 때문이다. 물론 아내의 이해가 있어 가능했던 얘기지만 말이다. 핵가족 사회가 말하듯 우리 집도 아들 녀석 하나뿐이지만, 때로는 아들의 듬직함으로 위로가 되고, 때로는 딸 같은 애교로 삶에 지친 부모의 피로를 씻은 듯이 치유해주기도 한다. 가족이라는 명약이 있어 치유라는 현명함이 존재한다는 이치를 느낄 수 있어 늘 마음을 기쁘게 한다.

드라마 같은 삶

사람들의 대부분은 자신이 처한 현실에 만족을 느끼지 못한다. 어떤 환경에 살고 있든지 간에 만족함을 나타내는 경우는 없는 것 같다. 잘 살면 잘 사는 대로 더 높은 곳을 향해 가려고 과도한 투자를 하다가 낭패를 보는 일이 잦아진다. 자신이 꿈꿔온 이상적인 삶이 현실로 다가오지 않을 때 좌절이 주는 절망의 현실에 적응하기란 그리 쉽지 않다. 이상과 현실이 주는 괴리 앞에 속수무책으로 무너지는 나약한 삶, 과연 우리는 어느 정도의 꿈을 꾸며 살고 있는지 한 번쯤은 돌아볼 일이다.

일일 드라마를 보다 보면 주인공이 길가에 나오면 기다렸다는 듯이 택시가 다가온다거나, 대궐 같은 집에서는 보이는 상차림마다 진수성찬으로 식사하는 모습을 보게 된다. 자신의 현실을 돌아볼 때 괴리 아닌 괴리를 느끼게 하는 장면들이 여과 없이 우리들의 안방을 파고든다. 한 번쯤은 꿈꾸어 봤을 일이지만 현실은 판이하게 다르다. 도시에서 아파트 한 채를 구입하려 해도 맞벌이로 20년은 허리띠를 졸라매야 가능한 일이지만 드라마 속의 삶은 너무나도 화려함 일변도다. 사랑하는 여인의 환심을 사기 위해 백화점을 통째로 빌려 단독 쇼핑을 하게 하는가 하면, 이제 외제차 정도는 소품에 지나지 않을 정도로 그 화려함은 극에 달해 있다. 모피코트로 온몸을 치장하고 나서는 귀부인이 나오는 드라마를 보고 나서 "우리 나가서 꼼 장어에 소주 한 잔 할까?" 할 정도의 배짱 있는 남자가 어디에 있을까? 싶을 정도다.

사랑에 대해서도 비교적 현실과는 동떨어진 스토리가 자주 등장한다. 대부분 재벌가의 무남독녀는 꼭 거칠게 사는 남자에게 매력을 느껴 부모의 완강한 반대나, 정혼남의 불같은 질투에 부딪히며 사랑한 남자에게 여러 가지 모욕적인 일을 당하게 만든다. 한 두번의 가출과 일탈로 사랑을 이루는가 싶지만, 결국엔 사랑하기에 보내줘야 한다는 현실주의에 밀려 눈물을 뿌리며 정혼남과 결혼에 이르는 스토리가 자주 전개된다.

물론 실제 우리네 삶과는 판이하게 다르게 사는 사람들의 모습이고 몇 퍼센트가 그렇게 살고 있을지는 의문이다. 실체를 알고 난 후에 뒷맛은 씁쓸하면서도 다음 이야기에 눈이 가는 것은 드라마 상에 국한된다는 것이지만 어느 정도는 그런 삶에 대한 바람이 있기 때문일 것이다. 누구나 어려서 한 번쯤은 백마를 탄 기사나, 드라마 같은 사랑을 꿈꾸어 봤을 것이다. 그러나 꿈과 실제는 생각보다 그 차이가 많이 있음을 알고 빨리 떨쳐버려야 행복을 더 빨리 느낄 수 있다는 평범한 진리를 얻는다. 화려한 화장을 한 채로 잠자리에 드는 연기자들의 모습에, 무릎이 나온 운동복 바지 차림으로 자신을 맞이하는 아내, 이른 아침 눈곱 낀 아내의 모습과 비교를 한다면 아마도 기분이 씁쓸할 것이다. 그러나 반대로 생각을 하면 몇십 년이 지나도 탱탱한 피부를 간직하며 멋지게 부유층 자식역만 하는 꽃미남 중년 연기자를 바라보는 아내들의 마음과 무엇이 다를까 싶기도 하다.

이해는 포용 이외에 많은 것을 얻게 한다. 눈앞에 주어진 소박함에 만족을 하고 산다면 다른 불만은 없어지겠지만 가끔은 인간이 가진 속물근성이 고개를 들어 마음을 흔들리게 한다. 너무나 인간적인 모습이지만 때로는 삶의 활력에 찬물을 끼얹는 일이 생겨나므로 자신의 현실을 돌아보는 능력을 게을리해서는 안 된다. 한때의 잘못된 판단으로 순식간에 남남이 되어 자신은 물론 죄 없는 자식들에게까지 불행을 안기는 몽상 같은 삶의 집착은 병적일 정도만 아니면 쉽게 떨칠 수 있는 하나의 지나가는 소나기 같은 증상인 것이다.

주어진 삶이 드라마 같이 이루어질 수 만 있다면 더 바랄 것도 없다. 소박하지만 내게 주어진 지금의 현실에 만족하는 삶을 영위하는 것이 모두를 위해 행복으로 가는 지름길이 아닐까 한다. 삶이라는 세상 속에서 나의 존재는 어떤 모습일까 가끔은 돌아보게 된다. 참 많은 부분 속 내 주변의 소중한 것들이 나를 존재하게 한다는 사실에 눈뜨는 일이다. 오늘이라는 현실을 안고 있는 내 삶과 내 존재가 더 행복해질 수 있도록, 그리고 내일이라는 더 나은 삶을 연결하고 있는 오늘의 중요성을 깨닫고 주어진 현실을 잘 가꾸어야 하지 않을까 한다.

가끔은 리모델링하기

아무도 가지 않은 길에 피어난 들꽃처럼 아무 손길도 닿지 않고 처음의 모습대로 피다, 진다면 꽃이 왜 아름다움의 대명사로 불리는지 의문의 꼬리는 달지 않을 것이다. 어느 누구의 손길에 의해 옮겨지지도, 다듬어지지도 않는다면 말이다. 가지를 치고 잘 다듬어 인공적인 그릇에 옮겨 억지로 자신의 취향에 맞추고자 하니 욕심은 더 커지고 불만 또한 사라지지 않는 것이다.

자연의 한 부분도 그러할 진데 처음과는 다른 모습으로 변해버렸거나 훼손되어 버린 물건이나 건물들을 새로운 모습으로 변신시키는 작업 즉 리모델링 작업이 빈번한 건 요즘엔 흔한 일이다. 무언가를 조금 손질함으로써 다시 예전과 비슷한 느낌을 찾으려는 욕심이 눈과 마음에 만족을 얻을 수 있다고 믿기 때문이다. 살면서 눈에 띄지 않게 훼손되어가는 것들 중에 가장 변화에 민감한 것이 사람이 아닐까 한다. 자신이 변해가는 모습보다는 남의 변화에 괜한 불만이 쌓여간다면 스스로 자초해 만든 피곤한 나날이 될 것이다.

남녀가 처음으로 만나 연인이 되어 데이트를 할 때는 서로가 잘 보이기 위해 정성을 다해 외모를 예쁘게 꾸미고 가장 설레고 아름다운 마음가짐으로 만나게 된다. 사랑스럽고 멋있어 보인다는 표현에 말 한마디, 한 마디가 애정이 철철 넘쳐흘러 한시라도 떨어져 있으면 못 견딜 것 같아 서둘러 결혼을 하고 부부의 연으로 살아가게 된다. 그러나 행복의 끝이 어디쯤일까? 는 서로의 노력에 따라 다르겠지만 대부분 그리 길지 않은 시간 안에 권태기를 맞이하게 된다. 슬기가 참으로 필요한 시간이 온 것이다. 이를테면 연애할 때는 방귀소리도 귀여워 웃어주고 덮어주던 사람이 시간이 지남에 따라 이제는 추해 보인다며 악다구니를 하는 경우가 그 예다.

세월의 흐름에 따라 변하지 않는 것은 거의 없다. 낳고, 늙고, 병들어 죽는 것이 인간사이듯이 변해간다는 것은 어찌 보면 극히 자연스러운 일이다. 그러나 상대에 대한 불만으로 인해 인위적으로 변해가는 것은 바람직하지 않은 일이다. 늘 애교 섞인 목소리로 남편을 대하다 갑자기 불만이 있다고 툭툭 내뱉는 곱지 않은 말투는 본인도 편하지 않겠지만, 그것이 쌓여 맞대응까지 번진다면 씻을 수 없는 상처가 될 수도 있는 극히 위험한 요소를 내재하고 있는 것이다. 변화에 따라 왜? 무엇 때문인지를 알고 대처를 한다면 더 큰 트러블은 막을 수 있겠지만, 대다수의 사람들은 자신의 불만만 상대에게 전달하기 때문에 문제가 된다.

연애기간부터 결혼 십여 년이 지날 때까지 한 번도 편한 말을 하지 않던 아내가 근래 들어 간혹 지나가는 말로 간간히 편한 말을 섞어 오기도 한다. 한번은 듣기가 거북해 한 마디 했더니 상전처럼 그런다며 화를 내는 것이었다. 아내는

뒤 돌아보면 | 전영구 수필

그건 반말이 아니라 짧은 말일 경우 그렇게 쓴다며 괜한 트집이라 한다. 경우에 따라, 처한 위치에 따라 그리 들리고 그리 이해 부족이 따르는 것일까?

아내는 조용히 남편을 공경하고 있는데, 반대로 해준 것도 없이 자신만 내세운 것이 부끄럽기도 하지만 늘 받는 것에 익숙해져 변해가는 아내의 마음을 헤아리지 못 했던 것이다. 마음속으로는 어찌하면 처음의 그 풋풋했던 시절로 되돌릴 수 있을까만 생각한다. 사람에게 리모델링이 가능할 수 있다면 처음의 날씬했던 그때로, 그리고 무슨 말에도 수줍게 웃던 그 시절로 뒤 돌릴 수는 없을까?하는 욕심을 부려 본다.

허물어지는 건물을 잘 손질해서 새 건물처럼 변화시키고 부모가 물려 준 얼굴과는 상관없이 의학의 힘을 빌려 연예인을 흉내 내어 화려한 외모로 바꾸는 시대에 우리는 산다. 그러나 마음 한편으로는 더한 욕심을 부려 마음속 생각까지 바꿀 수 있는 리모델링의 기법은 없는가 하는 몽상에 젖어도 본다. 사람의 마음을 바꿀 수 있는 묘약은 아마도 세월일 것이다.

느끼고 양보하고 바라보는 눈길에 실로 애정을 듬뿍 담아, 불어난 몸매에도 찬사를 던질 줄 아는 배려가 진정 바라는 답을 줄 것이다. 아니면 자신의 마음가짐부터 리모델링을 감행한 다음에 기다림의 미학을 즐길 줄 알아야 한다. 자신은 변하지 않으면서 남만 탓하고 미워한다면 시간이 흐를수록 그 사람 곁에는 아무도 남아있지 않을 것이다. 남이 고치기를 바라기 전에 자신의 마음부터 너그럽고 부드럽게 리모델링을 하고 다가서면 아마도 눈에 보이는 모두가 아름답지 않을까 싶다. 마치 순간요술에 빠진 어린아이의 눈빛처럼 말이다.

때

세상을 살아가다 보면 모든 일에는 다 때가 있는 듯하다. 무엇을 할 때와 해야 될 때, 그런 것들을 잘 구별하고 실천해야 모든 게 이루어지고 원하는 바를 얻게 되는 것이다. 잎과 꽃이 피어오르고, 지는 이치도 자연이 때를 맞춰 인간에게 보여주는 아름다운 선물이며, 잘 때와 먹을 때를 균형 있게 조절을 하면 인간이 건강을 유지하는 최고의 방법이 되는 것이다. 물 흐르듯이 자연스럽게 행하여지는 것이 있는가 하면 본인 스스로가 잘 판단하여 때를 잘 맞춰야 하는 일도 있다.

사람으로 태어나 잘 먹고 멋지게 차려입고 사는 것도 중요하지만 좋은 사람을 만나 사랑을 하고 가정을 이루어 행복하게 사는 일보다 더 중요한 일은 없는 듯하다. 사랑에도 때를 잘 맞춰야 원하는 사랑을 쟁취할 수가 있다. 힘겨운 관계더라도 상대방의 기분에 따라 고백할 때의 타이밍이 적절해야 마음을 쉽게 돌릴 수 있다는 뜻이다. 가령 상대방이 아무런 마음의 준비도 없고 사랑에 대해 확신도 없는데 불쑥 고백부터 한다면 결과는 뻔 한 일이다.

뒤 돌아보면 ㅣ 전영구 수필

때를 잘 맞춰 기분이 좋을 때나, 서서히 마음을 돌리려 할 때 자신 있는 태도로 임해야 사랑을 얻을 수 있다.

가령, 고백이 성공해 결혼을 한다 해도 그 후 일어나는 모든 일에도 때가 기다리고 있다. 알콩달콩하던 신혼 시절이 끝나고 권태기가 찾아오면 대부분은 대화의 문을 닫고 갈등에 쌓여 종종 부부싸움을 일으키기도 한다. 그런 일들이 다반사일 때쯤, 둘만의 2세가 태어난다면 자식으로 인해 다시 사랑을 되찾고 자식에게 사랑을 쏟아붓는 육아에 집중해 싸울 시간조차 없어진다는 것이다. 이 또한 때를 잘 맞춰야 행복이 계속 이어지는 것이다.

살다 지치면 쉬고 싶은 때도 있어 고민도 하고 남에게 조언도 구해 보지만 때로는 스스로 잘못된 선택을 해 직장을 잃어 고생도 하고 방황도 하게 된다. 짧은 시간 안에 다른 곳에 시선을 돌려 인생 역전을 꿈꾸는 사업을 한다든지, 하는 기회를 얻을 수 있는 때를 포착한다는 것이 쉬운 일은 아니기에 신중을 기해야 하는 것이다. 많은 시행착오를 겪어야 차지할 수 있는 행복의 요건을 갖추기 위해 무던히 노력해야 하며 때를 놓치지 말고 기회를 반듯이 내 것으로 만들어야 진정 성공했다고 할 수가 있다.

애써 얻은 행복은 길면 길수록 좋은 것이다. 하지만 만에 하나 거머쥔 행복을 다 누리기도 전에 부부 중 하나가 때를 잘못 선택해 떠나간다면, 그 슬픔은 이루 말할 수가 없을 것이다. 물론 사람의 힘으로는 어찌할 수가 없는 범위이기는 하다. 그러나 '떠나야 할 때를 아는 사람은 행복한 사람'이라는 스포츠 스타들이 종종 은퇴할 때 쓰는 말처럼 정말 몇 만 번을 들어도 귀에

'와 닿는 말이 있기도 해, 정말 아이러니가 아닌가 싶다. 떠날 때를 알고 떠난 다면 얼마나 좋을까, 하지만 나약한 인간인지라 때를 선택할 수 있는 권한이 우리에게 주어지지 않는다는 단점이 있다.

때는 스스로 찾아와 절묘한 시간을 포착하게 하는 묘미도 있지만 때도 없이 찾아와 고통을 주니 일생을 살면서 얼마나 즐거움과 슬픔을 때로 인해 느끼는지 모를 일이다. 때를 알고 때에 맞춰 적절히 살아 갈수 만 있다면 얼마나 좋을까? 고통을 피해갈 때를 알고, 성공할 수 있는 때를 안다면 그야말로 인생의 대박은 보장된 것이다. 무얼 얻기 위해서라는 욕심만 가지고 산다는 가정하에 곤경에 빠져 있다면 '시도 때도 없이'라는 단어가 필요하다. 이런 경우엔 때도 구분 없이 저돌적으로 대시를 해야 성공을 할 수 있다는 것인데 요행과 운이 따라줘야 하는 도박과도 같은 위험을 감수해야 하는 어려움이 숨겨져 있다.

고백을 하고, 사랑을 쟁취하고, 인연이 다하여 헤어져야 할 때, 그때마다 우리는 어떤 때 어떤 선택을 할 수 있을까? 그리고 만약 실패한다면 다시 때를 기다리는 인내를 키워 현명한 선택을 할 수 있을까? 제때에 말이다.

뒤 돌아보면 ┃ 전영구 수필

친구 바라기

오래 묵을수록 좋은 것에는 뚝배기 속 펄펄 끓는 장맛에만 국한된 것이 아니다. 오랜 세월을 두고 가족보다 더 깊은 교감을 나눌 수 있는 값진 인연을 내세운 친구라는 운명적인 관계가 있다. 특히 남자에게 있어 친구라는 존재는 없어서는 안 될 특수한 재산이자, 가족 이상의 동반자 역할을 톡톡히 하는 귀한 인연인 것이다. 어린 시절 소꿉친구에서부터 학교친구, 사회에 진출해서는 이웃 같은 정으로 어려움을 함께 헤쳐나가는 지혜를 함께 나눌 수 있는 친구가 있다. 술이 있으면 당연히 곁에 있어야 하는 친구와 옆자리를 지키며 안주처럼 잔소리하는 아내가 있어 행복하다는 걸 느낀 건 언제쯤 일까? 친구라는 위대한 인연이 주는 행복, 그 나름의 이유를 더듬어 본다.

고향을 일찍 떠나 아무런 연고도 없는 도시에 정착한 나는 그나마 부모님이 물려준 조그만 밭뙈기 몇 평을 가지고 있어 비교적 자주 고향을 찾는다. 자주라고는 해도 일 년에 서너 번 정도 들러 돌아보고는 하는 편이다. 그때마다 고향을 지키며 농사와 직장일을 병행하는 고향 친구 집에 들러 편하게 쉬고 돌아온다. 마치 내 집처럼 쉬다 떠나올 때면 으레 친구의 아내는 찬거리라든지 내가 좋아하는 반찬을 바리바리 손에 들려주고는 한다.

도시가 고향인 아내는 꼭 친정을 다녀오는 기분이라며 고마우면서도 미안해하지만, 나의 어깨는 괜스레 으쓱해진다. 친구의 아내는 음식 솜씨가 뛰어나 고향에 갈 때마다 포식을 하게 된다. 특히 된장에 박아 두었다가 양념을 해서 쪄 주는 깻잎은 옛날 어머니가 해주시던 맛보다도 훨씬 뛰어나, 그 집 문지방을 넘어서면서부터 깻잎부터 찾을 정도로 친구의 집은 나의 맛집 1호가 되어버렸다. 그런 나의 입맛을 알고는 늘 맛있게 먹는 나를 바라보다 가끔은 먹는 모습이 복스럽다며 한 젓가락 가득 나물을 먹어보라 권하는 친구의 아내가 친구 이상으로 친근감을 느끼게 한다.

맛있게 먹고 고향 하늘 아래 친구들과 누워 어린 시절 얘기도 하다 보면 어둠이 내린다. 밤이 깊어 가면 자연스럽게 술 한 잔을 기울인다. 몇 순배가 오가고 기분이 알딸딸해지면 좀 더 나이 들어 시골에 모여 살자는 몇 년째 같은 레퍼토리를 풀어헤치고는 한다. 이런 남편들의 모습에는 아랑곳없이 아내들은 한쪽에 모여 앉아 남편들 흉을 보는지 즐거운 표정들이 된다. 밤이 깊어 서둘러 귀경을 재촉하면 어느새 서운한 얼굴이 되어 담배 한 대를 물고는 연신 아쉬움의 손을 흔들며 다시 도시로 떠나가는 친구를 막내 동생 바라보듯이 배웅을 해 준다.

돌아오는 길은 그런 친구 내외의 모습이 아른거려 왠지 모를 벅차오름에 다시 평범한 일상으로 돌아올 수 있었다. 우리를 떠나보낸 고향의 친구 내외

뒤 돌아보면 ┃ 전영구 수필

는 어떤 생각을 할까? 고향에 남아있는 이들은 모를 것이다. 멀리서 그리는 그리운 고향의 하늘색이 얼마나 애틋하게 보이는지 말이다. 어찌하다 우연히 만난 사람들의 고향이 고향 근처라는 것만 해도 왠지 가슴 한편이 뭉클해 옴을 말이다.

늘 그 자리를 지켜 평안함을 주는 친구가 있는가 하면, 이동식 맞춤형 친구들도 있다. 지천명에 이르러 찾게 된 친구들, 바로 초등학교 동창생들인데 그중에서도 산을 좋아하는 그룹이 있어 우연히 합류하게 되었다. 산도 좋고, 여행도 좋아하는 맑은 영혼을 지닌 친구들이 한 달에 한 번씩 산과 여행지를 탐방하는데 그 재미가 쏠쏠하여 설레는 마음으로 정해진 날짜를 손꼽아 기다리게 된다.

늦바람 난 사람의 심정이 이럴까? 싶다. 여러 곳에서 만남의 연락이 와도 꿈쩍하지 않았던 나이기에 이런 변화를 보고 있는 아내는 늙은 것 같다는 둥, 동창이 그렇게 좋으냐는 등, 의아함이 섞인 질투를 보이고는 한다. 30여 년이 지나 다시 만난 친구들은 외모 면에서는 많은 변화가 있어 보이지만 대화를 나누다 보면 어릴 적 심성이나 마음 씀씀이가 그대로인 것을 느낀다.

친구와 술은 오래된 것일수록 좋다는 성현들의 말씀이 이제 와 옳다는 것을 깨달으며 과거를 끌어당겨 아련한 그리움으로 그려보고, 다시 현실로 돌아와 삶을 논하기도 하는 친구들과의 대화가 마냥 즐거운 시간이기에 기다려지는 까닭이다. 산을 찾아, 친구를 찾아, 테마가 있는 여행지를 찾아 한 달에 한 번 이동을 하며 색다른 즐거움을 주는 친구들, 나이에 걸맞지 않은 웃음이 있고, 부수적으로 따라다니는 행복의 묘약인 술이 있어 더 화기애애해지는 것 같다. 그들이 있어 하루가 즐겁고, 남은 한 달이 설렘 속에 보낼 수 있어 행복하다. 진작에 찾아볼 걸 이라는 후회가 들만큼 말이다.

친구를 곁에 두고 그 친구의 친구로 살아간다는 의미는 아마도 우리가 쉽게 마시고 내쉬는 공기와 비교해도 과언이 아니다. 곁에 없으면 안 될 존재이지만 큰 고마움은 모르고 사는 그런 귀한 동행인 것을 말이다. 인생의 후반기에 들어서서 친구가 주는 의미는 그 어느 보양식보다 정신 건강에 도움을 주는 것 같다. 그런 친구들을 그리며, 교류하며 지내는 행복의 가격으로는 감히 셈조차 할 수 없는 엄청난 자산인 것이다. 그런 귀함을 소중하게 여기고, 마음 깊은 곳에 고이 담아 탈색이 되지 않도록 가끔씩 꺼내 혼자만의 잣대로 보며 여유로운 미소를 지을 수 있는 연륜이 지금 내게는 꼭 필요한 덕목이 아닐까 한다.

명언과 충고

말 한마디가 주는 힘이 얼마만큼의 가치를 지녔는지는 아무도 쉽게 가름할 수 없을 것이다. 서로가 주고받는 가장 일상적인 거래 중에서 가장 기본적인 것에 대화가 있다. 사람들은 그 대화 속에 진실한 마음을 실어 건네기도 하고, 때로는 자신의 마음을 감추고 상대방의 의향을 떠보기도 한다. 하루를 시작하며 눈이 마주치면 처음으로 하게 되는 것이 말이다. 이렇듯 쉽게 또는 가볍게 건넬 수 있는 말 한마디가 상대에게는 상처가 되어 두고두고 원망의 빌미를 만드는가 하면 삶의 활력을 불어넣는 칭찬이 되어 기대 이상의 효과를 거두기도 한다.

평소 무뚝뚝하다는 나의 단점을 아이가 커 가면서 더 줄이려고 노력을 해 봤지만 쉽게 고쳐질 문제는 아니어서 스스로 자책을 할 적이 많이 있었다. 다행히 아들 녀석은 나를 닮지 않았는지 어려서부터 말을 하는 센스가 또래에 비해 뛰어난 편이었다. 간혹 엉뚱한 얘기를 던져 우리 부부를 당황시키기도 하고, 웃음꽃도 피우게 하는 소중한 존재로 자신의 역할을 톡톡히 하고 있었는데 얼마 전, 또 한 번 충고 아닌, 충고를 던져 박장대소를 하게 했다.

외식을 하러 가면서 무엇을 먹을지 의논을 하는데 아들 녀석이 불쑥 장어를 먹자는 거였다. 값도 비싸고 해서 안 된다고 했더니 자기만 사주면 안 되겠느냐며 꼭 먹고 싶다 한다. 그러면 장어를 사주는 대신 꼬리는 '아버지 꺼'라고 했더니 아들이 하는 말 "아버지! 엄마랑 따로 주무시면서 장어꼬리가 왜 필요해요?"하는 것이다. 중학교 1학년생의 입에서 나온 이야기에 어이가 없어 "니가 장어 꼬리에 대해서 뭘 안 다구?"하니 얼굴이 붉어지면서 저도 알건 안다며 오히려 화를 내는 거였다. 아들의 그 말 한마디에 아내와 나는 서로를 쳐다보며 당돌한 아들의 충고성 발언에 부부가 떨어져 자는 것에 대한 반성, 아닌 반성을 해야 했다.

유머가 섞인 충고가 상대의 웃음을 유발하는 힘이 있는가 하면 자신의 철학이 담긴 말 한마디로 상대방을 꼼짝도 못하게 하는 괴력을 발휘하는 재능을 가진 분이 있었으니 다름 아닌 우리 어머니였다. 일찍 아버지가 세상을 떠나시고 난 후, 시골생활에서 가장 중요한 것은 아비 없는 자식이라는 동네 사람들의 손가락질에서 벗어나는 게 스트레스 아닌 스트레스를 받던 시기가 있었다.

나름 노력을 하고 살아도 젊은 치기에 간혹 흐트러진 모습을 보일라치면 어머니의 입에서 단골메뉴로 전해 오는 말이 있었다. "내가 벌써 팔자를 고치고 싶어도 나 없으면 사람들한테 서러움 받을 니 놈 때문에 팔자를 못 고쳐 이놈아!" 너만 아니면 재혼을 해 행복하게 살 수 있지만 너 때문에 안 가는 것이니 알아서 하라는 뜻이다. 물론 어머니의 성품상 재혼을 할 분도 아니지만, 그 한마디면 정신이 번쩍 나 다시 자신을 추스르는 계기가 되기도 했다. 더는 자신을 무너트리는 일은 하지 않고 스스로를 다그쳐 올곧은 행동을 하게 되는 걸 아시는지 적당한 시기에 툭툭 던지시며 아들을 훈육하고 계셨던 것이었다.

민감한 사춘기 시절, 어려운 시골 살림에 부족하게 건네지는 용돈에 대한 불만은 항상 투정이라는 반항심을 키워 급기야 엄마에게 대들기도 했다. 그러면 기다렸다는 듯이 엄마의 명언은 무소불위의 힘으로 나를 주저앉혔다. "내가 살기 싫어 약 먹고 꽉 죽고 싶어도 약 사 먹을 돈이 없어 못 죽는다. 이 놈아!" 지금은 웃음으로 넘길 수 있는 위트 있는 유머로 이해할 수 있지만, 그 당시에는 무척이나 예민하게 받아들여 꽤 심각한 반항심이 가슴속에서 요동치기도 했었다. 그러나 엄마의 그 말의 내용을 깊이 파고들어 가면 정말 나의 불만은 불만도 아닌 것이 되어 버리는 희한한 힘을 발휘하는 거였다.

대인관계에서 가장 중요한 것이 대화라고 한다. 상대방을 향해 건네는 말 한마디의 위력은 실로 가공할 만한 힘을 지닌다. 부드러움 속에 뭔가 철학이 담긴 언어를 구사하고 싶다는 건 누구나 가질 수 있는 희망 사항이다. 무작정 질책하는 말보다는 사안에 걸맞게 위트 있는 말 한마디를 건넨다면 그보다 더 좋은 명언이나 충고는 없을 것이다. 완력을 쓰지 않고도 상대를 가볍게 제압할 수 있는 말. 아들이 맑은 마음으로 던진 충고 한마디나, 엄청난 효과를 노린 어머니의 자책 섞인 명언들은 두고, 두고 내 가슴속에 살아 아마도 기쁨을 떠올릴 때나 자신이 흐트러지려 할 때마다 슬며시 꺼내 혼자 배시시 웃으며 삶의 활력소를 만드는 삶의 메뉴얼로 사용하게 된다.

기다리는 마음

    기다림을 목적으로 살아간다는 것은 무척 힘이 드는 일이다. 누구를, 무엇을 이란 대상자가 있다면 그래도 다행이지만 기약도 없는 기다림이라면 참으로 견디기 힘든 나날이 될 것이다. 물론 기다림에도 여러 유형이 있다. 반드시 돌아온다는 약속을 정하고 떠난 사람을 기다리는 일과 언제일지도 모르고 마냥 손꼽아 기다리는 무모한 기다림은 기쁨이거나 혹은 상처가 되는 까닭에 그 후폭풍에는 엄청난 차이를 보인다. 무한정의 기다림이란 말 그대로 무한의 사랑이 없이는 힘든 일이다. 그렇다면 무한의 사랑이 가능할까? 물론 가능한 사람들도 있다. 하지만 달콤한 사랑을 외치다가 쉽게 식는 연인보다 무언의 사랑을 내재한 어버이의 사랑 같은 무한의 기다림은 많은 가르침을 주기도 한다.

    젊음의 시절 뜻대로 풀리지 않는 자신의 행로에 불만을 품고 방황을 했던 시기가 있었다. 풍족하지 않았던 가정에 대한 불만과 칠 남매의 막내라는 위치에 따른 과잉보호에 반항이 겹쳐 마음의 홍역을 치르던 때이다. 대학 입학에 실패한 후, 한동안 집을 떠나 이리저리 돌아다니며 속에 쌓인 불만을 달래려고 술로 시간을 보내며 홀어머니 속을 태웠었다. 친구 집에서 며칠 신세를 지고, 기차역에서의 노숙도 하며 연락을 끊고 지냈다. 밤이면 저녁상을 차려 놓고 기다리시던 어머니는 안중에도 없었다. 기억 속의 그날도 밤새 술을 마시고 휘청거리며 거리를 배회하는 것까지 기억을 하는데 으스스 온몸에 한기를 느껴 눈을 떠보니 어느 골목길에서 한 손에는 마시다가 만 술병을, 다른 손에는 안주를 쥐고 잠이 들어 있었다. 한겨울이라 몰려오는 추위 때문에 잠에서 깬 것이다. 참으로 생명까지 위험할 상황이었다.

추한 몰골에 바보스러운 자신을 바라보니 문득 집에 계신 어머니 얼굴이 떠올랐다. 정신을 가다듬어 서둘러 역으로 가면서 지나는 행인에게 차비를 도움받아 첫 기차를 타고 집에 도착하였다. 많이 화가 나셨으리라 예상했던 어머니의 표정은 의외로 평온해 보이셨다. 어머니는 아무 일도 없다는 듯 밥상을 차려주시며 식기 전에 어서 먹으라시며 돌아앉으셨다. 밥상에는 미역국과 내가 좋아했던 반찬이 푸짐하게 차려져 있었다. 의아해 어머니를 바라보니 "니 놈 생일인것도 모르고 들어온겨?"하시며 눈을 흘기셨다.

무작정의 기다림, 못났지만 자식을 기다리며 생일상을 차리던 어머니의 애타는 마음을 철없던 시절에는 미처 깨닫지도 못하고 투정과 못된 행동으로만 표현했던 부끄러운 기억이 있다. 다른 자식들은 다 객지로 보내고 달랑 남은 막내아들놈 때문에 긴 겨울밤 가슴 졸이던 어머니의 기다림은 두고두고 죄송한 마음만 남았다. 살아생전에 며느릿감 한번 소개시켜드리지 못하고 끝내 불효를 저지르고 말았다.

막연하지만 그래도 기약이 정해진 기다림에도 이리 애타는데 무작정 기다리던 어머니가 겪은 마음졸임은 어떠했을까를 되 집어 본다. 방황의 시절 무작정 나를 기다려준 어머니와 부모가 되어 자식이 이런저런 캠프로 잠시 떨어져 있음에도 애를 태우는 지금 나의 기다림은 많은 차이가 있다. 자식을 향한 나의 기다림은 다소 이기적인 면이 있다. 있다가 없는 허전함을 채우기 위함이 전부는 아니지만 그래도 하루하루의 일상 속 녀석의 부재는 심심함을 채우기 위한 욕심일지 모른다. 하지만 무조건적인 희생이 따른 어머니의 기다림은 결코 따를 수 없는 깊은 사랑이 내포되어 있었다.

기다림은 목적이 있어 좋기는 하다. 품 안의 자식을, 아니면 사랑하는 사람을 기다리는 것은 많은 시간을 허비해도 나중에 만남이라는 보상이 주어지기에 가능하다. 아마도 그것마저 없다면 기다림이 주는 중압감은 누구도 이기기 힘든 고통의 시간이 될 것이다. 어찌 됐든 기다림은 많은 인내를 요구한다. 상황에 따라 주어진 시간을 가슴속에서 태워야 비로소 어떤 결과로든 기다림의 끝을 볼 수가 있다.

색깔은 다르지만 사랑에도, 잊음에도 기다림이 필요하다. 모든 일에는 이처럼 일정 부분의 희생과 보상 사이에서 성립된다. 잠깐의 기다림이 만남이 되어 바로 기쁨을 느끼는 것은 일상이 될 수 있지만, 평생을 고독한 기다림과 함께한 어머니의 기다림은 숭고한 사랑이라는 정신이 있어야 가능한 참으로 위대한 목적이 될 수 있는 것이다.

종교 같은 사랑

이 사람 이외에는 영원히 안 될 것 같다는 단호함이 보태진 외골수적인 사랑의 행보는 실로 아름답다. 그대라야 된다는, 그대라야 이루어질 수 있다는 단호함은 사랑이 영원할 수 있다는 확신을 주기에 충분하다. 그대 이외에 다른 이는 결코 비집고 들어올 수 없다는 철옹성 같은 마음은 늘 한 곳을 바라보고, 그 한 사람만을 위해 살아간다는 존재론까지 펼쳐 보이면 그 사랑은 위대함을 넘어 거룩해 보이기까지 한다.

가냘프게 드러낸 뽀얀 종아리로 힘차게 페달을 밟으며 버들잎 늘어진 길을 달리면 햇빛도 빙글빙글 도는 자전거 바퀴 따라 산책을 나선다. 꿈 많은 시절, CF의 한 장면처럼 펼쳐지는 장면들. 잘 다려 입은 하얀 교복이 구름 위에 살포시 올라앉아 한 폭의 그림 같은 모습으로 굴러가는 자전거 뒤를 헤벌쭉한 웃음을 흘리며 검은 교모를 눌러 쓴 키 작은 설렘이 뒤를 따른다. 첫 만남은 아닌 듯이 보이지만 쉽게 간격이 좁혀지지 않는 두 사람에게는 보이지 않는 미소가 공감대로 흐를 뿐이다. 약속된 동행은 아니었다. 우연히 마주친 모습에 반해, 무작정 그 뒤따르는 무리수를 둔 어린 감성은 무엇에 감전된 듯이 환영을 쫓아가기 시작한 것이다. 뒤따름을 감지한 여유로움은 복잡한 시내에 접어들자 자연스럽게 경로 이탈이라는 아쉬움으로 끝이 난다.

초침은 무엇이 그리 바쁜지 째깍째깍 지나가고 있다. 물만 몇 잔째 들이키며 제과점 직원이 주는 눈치에 주눅이 들어 탄탄하게 쌓아 올리던 성냥골탑이 피사의 탑처럼 위태롭게 기울어지고 있었다. 쉽게 오리라는 생각은 하지 않았다. 하지만 기약 없는 기다림이라 해도 나름대로 기쁨은 있었다. 운명이라고 말하고 싶은 만남, 친구의 친구라는 인연으로 이어진 아슬아슬한 줄다리기는 긴 그리고 끝이 보이지 않는 기다림이라는 정적을 안겨줬다. "한 잔의 술을 마시고 우리는 목마를 타고 떠난 숙녀의 옷자락을 이야기한다…" 어렵게 전해 온 詩 한편, 버지니아 울프는 사람들에게 무슨 메시지를 전하려고 한 걸까? 그녀는 詩를 통해 내게 무슨 말을 하려고 한 것일까? 보이지 않음이 더 절실함을 낳고, 절제된 언어가 더한 그리움만을 낳았다.

어둠이 스민 밤거리에서의 우연한 스침, 순간 멈춰 서버린 발걸음. 어디에 두어야 좋을지 모를 눈동자는 흔들리고, 가슴은 나락으로 곤두박질치고 있었다. 바라보기만도 벅찬 시간. 순간 스치는 가슴의 요동이 내게 되물았다. 싫은 걸까? 아니 싫은 건 아닌 거 같은데… "어디…가?" "그냥…" 멍청한 답이었다는 걸 느낀 두 눈에는 매몰차게 돌아서서 뛰어가는 단발머리의 출렁임만이 가득 차 있었다.

갈 길이 다른 선택은 슬픔 아니면 고통이겠지 했지만, 남긴 여운이 주는 고문은 감당하기 힘든 황폐로 이어졌다. 술잔의 파장에 따라 움직이는 얼굴, 술기운 따라 나타나는 환영, 어디를 가나, 무엇을 하나, 곁에서 머무르는 느낌은 한 사람밖에는 눈에 차지 않는 괴현상에 쉽게 사라지지 않았다. 그 사람만이 가득 차 있는 뇌구조를 이해할 수 없었다. 자주 흐려지는 안구를 탓하고, 휘청거리는 걸음을 탓해야 그때뿐이라는 것은 긴 시간을 허비한 후에야 알게 되었다. 간혹은 스치는 바람에 느낄 수 있을까도 생각해 보고, 우연한 스침이 다시 이뤄지는 기적을 바라기에는 많은 시간이 기억을 희석시켜 버리고 말았다.

아픔도 서서히 잊힐 때쯤, 걸려온 전화 속 친구의 목소리는 "어떡하니… 그 애는 이제 여자의 길로 가버렸는데…." 뿐 이었다. 수화기는 손에서 떨어져 부서지고 그만큼 가슴도 무너져 내렸다. 이내 청춘을 허비했다는 아쉬움보다 기다림의 대상이 없어졌다는 허무보다 홀가분하다는 생각이 앞서는 건 무슨 조화인지 모를 일이었다. 처음 만남 이후, 몇 천일이 지나서야 알게 된 존재의 안착에 그 날 술잔은 이상하리만치 침묵을 지켰다. 두 손 모으던 기원도 필요성을 잃고, 오로지 라는 간절함도 가치의 추락이라는 아픔을 건네 왔다.

외줄을 타는 심정으로 견뎌 온 사랑은 실체는 있지만, 마음속에서 더 이상은 실존하지 않는 무형의 환영처럼 남아있다. 사랑이라기보다 전부였다는 표현이 더 어울리던 숙명 같던 만남은 세월로 낡아진 인연의 끈처럼 무심하게 끊어져 버렸지만, 한동안 격정의 세월을 타고 흘러 잔잔한 행복에 올라앉아 지금에서야 뒤를 돌아보니 한 때의 가슴앓이가 숭고해 보인다. 접고 접어 가슴속 어느 한 모퉁이 숨겨놓아야 했던 시간이 흐르고 간 추억 속 그 사람도, 잊고 싶은 추억은 아니기를 바라는 이기주의적인 소심함은 세월이 내게 안겨 준 마지막 선물이었다.

그려진다. 선명하게

여러 가지 색깔이 있는 삶보다

자신에 맞는 색깔을 칠할 수 있다면

간혹은 흡족한 미소를 지을 삶의 여정을 그릴 수 있지 않을까?

했다.

삶의 충전

가파른 능선을 오른다. 단내 나는 입안을 침으로 삭이며 바쁜 일과에 파묻힌 삶이 등이라도 떠밀듯이 조바심으로 잰걸음을 재촉하고 있었다. 그러다가 결국 "아, 피곤하다, 피곤해 죽겠다."라는 말이 입에 밴 퇴근길이면 참새가 방앗간 들리듯 포장마차로 직행을 하게 된다. 소주 두어 잔의 기분이 서너 병으로 이어져 파김치가 된 귀갓길이 되풀이되고, 아침이면 곱지 않은 아내의 눈길이 어깨를 짓누르는 생활의 연속이었다. 나는 나대로 사회에 처한 내 위치에 대한 불안과, 아내는 아내대로 절제 없는 남편 음주에 대한 불평, 자식은 자식대로 제 요구 사항을 다 충족하지 못하는 불만의 팽배함만 커져 사십 후반 가장의 어깨는 굶주린 하이에나의 뱃가죽처럼 늘어져 있었다. 이대로라면 시한폭탄과 같은 불만들이 째깍째깍 초를 다투어 언제 터질지 모를 긴박한 상황을 안고 있는 듯 보였다. 원활한 생활을 위한 재충전의 시간이 필요했다.

하늘 높이 쌓인 스트레스로 왕성했던 의지는 점점 소진되어 가고 있었다는 게 옳을 것이다. 더 이상 버틸 수 없는 극한 상황 속에서 생활의 재충전과 가족의 불만을 치유시키기 위한 극단의 조치를 생각했다. 아내는 자신의 일 때문에 함께 할 시간이 여의치 않아 마침 단기 방학을 맞은 아들 녀석과 여행을 떠나기로 했다. 겉으론 아들과의 소원한 관계 개선을 위함이기도 하지만 또 한편으로는 이해심 많았던 아내가 언제부턴가 내보이기 시작한 끝 모를 불평에 대한 나름대로의 소심한 대응으로 휴대폰도 꺼버린 채 둘만의 여행을 시작했다.

계획도 없이 나선 길, 우선 평소 가고 싶었던 보길도로 방향을 잡았다. 시원하게 펼쳐진 서해안 고속도로를 달리기 시작했다. 아들은 운전석 옆자리에 앉았다. 그러나 무엇 때문인지 출발 이후 입을 열지 않았다. 말을 시켜도 성의 없는 대답만 이 되돌아왔다. 싱그럽게 재잘대는 아들 녀석과의 대화를 기대했지만 계산 착오였다. 단답형의 대화만이 전부인 것이었다. 틈만 나면 잠을 자기 시작하더니 실컷 자다 깨면 "아빠, 휴게소에서 뭐 좀 먹어요." 라는 말만 되풀이했다. 찌든 회색빛 도시보다 푸른 자연을 보여주기 위해 "아들! 저 경치 정말 멋지다. 그치?"하면 "네"라며 대화의 리듬을 자르곤 했다.

처음부터 최대한 아들의 바람을 들어주리라 마음먹고 출발한 여행인지라 햄버거, 탄산음료 등등 평상시 집에서는 금기시되어 오던 음식을 요구대로 사 주어도 아들의 주름진 마음의 그늘은 쉽게 펴지지 않았다. 급기야 어디 가고 싶은 곳 있느냐고 물으니 한참을 뜸들이다가 나비축제에 가보고 싶다고 했다. 관광안내소에 들려 책자를 보니 마침 보길도로 가는 방향에서 조금만 우회하면 전남 함평 나비 축제를 관람할 수 있었다. 평소 곤충학자가 꿈인 아들은 이제야 신이나 이리저리 구경을 다니며, 오히려 나에게 설명하기 시작했다. 세상의 나비란 나비는 모두 이곳에 모아 놓은 듯 색색의 갖은 모양을 한 나비들이 신비롭게 날아다니고 있었다. 참으로 평화롭고 아름다운 날갯짓의 나비 무리를 바라보면서 가족이란 무엇인가를 생각했다.

첫 숙박지로 예정된 완도에 도착했다. 저물녘의 바다는 붉게 핀 노을이 하루의 시간을 담은 가슴을 물들이고 있었다. 모처럼 완도의 명물이라는 전복회 간판을 찾아 두리번거리는데 아들은 삼겹살이 먹고 싶다며 딴지를 걸었다. 시간이 지날수록 내 눈치를 보며 혹은 나를 시험하는 듯 자기 고집만 내세우는 게 눈에 보였다. 결국, 삼겹살집으로 들어가고 말았다. 긴 시간 운전에 지쳐 저녁 반주로 소주 몇 잔을 마시자 아들은 "아버지! 내일 또 운전하셔야 하는데 그만 마시고 주무셔야죠?"한다. 이 무슨 날벼락 같은 소리인가! 아내 눈치 없는 곳에서 아들이 따라주는 소주 한 잔에 피곤을 씻고자 했던 소박한 바람이 눈치 보이는 두어 잔을 끝으로 막을 내렸다. 그래도 '애비를 위해서 그런 거겠지.'라는 위안이 안주가 되어 쓸쓸함을 달랬다.

둘째 날이었다. 해남의 바닷바람이 상쾌했다. 아들 몰래 TV에서 본 1박 2일을 흉내 낸 깜짝 이벤트를 준비했다. 국도변 작은 정자에 차를 세우고 짐을 풀고 의아해하는 아들 앞에 코펠이며, 버너를 꺼내 라면을 끓여 먹자고 했다. 기약없는 장거리 여행에 심통이 난 아들의 얼굴은 화색이 돌고 손뼉까지 치며 좋아했다. 그런데 예상하지 못한 곳에서 문제가 터졌다. 버너에 가스를 공급해주는 중간 밸브를 챙겨오지 않은 것이었다. 순간 당황스러웠지만 계란을 좋아하는 아들을 위해 계란을 사오겠는 핑계를 대고 서둘러 근처 동네를 찾았다. 마침 가까운 거리에 만물상이 있어 자초지종을 설명하고 버너를 구입할 수 있었다. 인상 좋은 주인아저씨가 "행복한 여행이네요."하면서 새 버너에 맞는 가스 한 통을 건네며 "이건 부러운 父子에게 주는 선물입니다."라고 하신다. 끓는 물에 라면 두 개, 계란 두 개 그리고 철물점 아저씨의 후한 인심이 열을 가하니 어느새 라면의 구수한 냄새가 식욕을 돋우어 주었다. 라면은 정신없이 아들 입으로 직행하고 있었다. "어때? 엄마 솜씨보다 훌륭하지?"하니 매번 버리던 국물까지 후루룩 들이키며 엄지손가락을 치켜세운다.

초행의 낯설음을 딛고 뱃길 따라 보길도 여행을 이어갔다. 민박을 고집하는 나와는 달리 깨끗한 펜션이나 모텔을 원하는 아들과 이견도 있었지만 한 이불 속에 잔다는 기쁨의 크기가 더 크게 다가왔다. 초등학교 4학년의 제법 성숙한 아들과 뒤엉켜 평온한 잠을 잤다는 행복감이 여행의 피로를 씻어 주기에 충분했다. 여정의 마지막 날 그간 꺼놓았던 휴대폰을 가동시켰다. 어떻게 된 거냐며 무척 걱정했다는 아내의 음성메시지가 들려왔다. 괜한 짓 했구나 싶어 전화를 걸었다. 평소보다 훨씬 애교 섞인 목소리로 아내는 보고 싶다고 빨리 돌아오라며 말끝을 흐렸다.

섬에서의 마지막 여정이 될 아침, 집으로 돌아올 채비를 서두르는 나를 보고 "아버지도 엄마 보고 싶죠?"하며 아들 녀석이 웃는다. 그리고는 "난 아버지가 참 좋아요"하는 게 아닌가. 돌아오는 길엔 나도 모르게 운전대에 장단을 맞춰 콧노래를 흥얼거렸다. 한동안 머릿속을 지배하며 지치게 했던 모든 일들이 아들과 함께한 며칠간의 여행으로 말끔히 씻어진 듯했다. 복잡한 뇌회로로 가동되는 인간의 삶의 질은 서로 이해하고 배려하는 가족의 사랑으로 치유되는 게 아닌가 싶다. 그간 알게 모르게 나와 그리고 타인에게 받은 스트레스로 인해 방전되었던 나의 의식은 '보고 싶다'는 말 한마디, '아버지가 최고'라는 한마디에 힘찬 엔진음을 내며 달리는 자동차처럼 삶의 배터리에 충분한 사랑을 충전해 온 소중한 시간이었다.

터닝 포인트 - Turning Point

삶을 살아가는데 우리는 몇 번의 기회를 마주할까? 그리고 실행을 옮기는데 얼마만큼의 힘든 결단을 필요로 할까? 아마도 혼자 살던 시기와 가족을 부양해야 하는 시기 그리고 그 무게에 따라 각기 다를 것이다. 무료하고 반복적인 생활을 하다 보면 한 번쯤은 다른 세상에 눈을 돌려봄 직도 하다. 아침에 밥을 먹었으면 점심에는 다른 것에 입맛을 다시는 게 사람의 마음이듯이, 긴 세월을 살아가다 보면 지금 하고 있는 것보다 다른 일을 찾아 나서고 싶은 충동을 느낄 것이다. 극적인 삶을 원한다면 거기에 따른 불안정과 위험이 내포해 있겠지만, 숨통을 쥐어올 정도로 답답함을 느끼는 삶이라면 모험적인 반전도 해 볼 만하지 않을까 싶다. 비교적 평범한 생활을 유지하다가도 한번쯤은 고개를 돌려 그곳이 자신이 찾던 신기루인양 부러워할 때가 있다. 일상의 탈출과는 다른 표현이지만 삶에 변화를 주는 것임에는 틀림이 없다.

지루한 일상을 사는 중년 가장들이 획기적인 변화를 원하고, 쟁취하는 모습을 그린 영화를 본 적이 있다. 평범한 사회인이자 가장인 주인공은 자신에게 주어진 삶에 뭔가 부족함을 느끼며 생활하고 있었다. 그러던 중 우연히 일찍 요절한 옛 친구가 써 놓은 대중가요의 악보를 발견한다. 오랜 고민 끝에 젊은 시절의 꿈이었던 음악의 길을 가기로 한다. 각자의 삶에서 대리기사, 중고차 딜러로 일하는 친구들을 설득하여 규합해 팀을 구성한다. 중년이 되어 그룹사운드 생활을 한다는 어려움을 느껴 멤버에 젊은 피를 보강하기로 하고 요절한 친구의 아들이 음악적 재능이 있어 보여 합류를 요청한다. 친구의 아들은 무책임하게 세상을 떠난 아버지에 대한 원망으로 처음에는 거절했지만 자신들과 친구의 못 이룬 꿈을 잘 설득해 같은 멤버로 맞아들여 열정을 불사른다.

중년의 그룹사운드 멤버들은 연습으로 늦은 귀가에 따른 가족들의 오해와 경제력에 따른 힘겨움이 더 해 난관에 부딪히지만 오로지 할 수 있다는 일념으로 최선을 다한다. 갑작스러운 변화에 따른 주위의 곱지 않은 시선도 넘기 힘든 벽 중에 하나였다. 몇 번의 오디션 실패와 나이에 따른 멸시를 참고 견뎌 드디어 그들만의 무대를 마련한다. 중년이 되도록 자신에게 주어진 직장이라는 틀을 깨고 새로움을 시작하는 이들 앞엔 눈물로 축하해 주는 가족이 있었다. 젊음과 중년의 음악이 어우러진 무대는 성공을 거두고 인생 반전에 성공한 이들의 얼굴에는 만족한 웃음이 흘러내린다.

연속된 삶의 쳇바퀴 속에서 단 한 번의 Turning Point를 놓치지 않고 자신의 삶을 바꾸는 일은 쉽지도 않지만 성공하기는 더 어렵다. 그들의 행보 앞에 놓인 방해물들에 의지를 굽혔다면 역시 꿈은 한낱 꿈으로 끝났을 것이다. 끊임없는 노력과 자신이 가진 모두를 바치는 헌신이 이들을 만족한 생활로 이끌어 간 것이다. 일상적인 삶을 살다 보면 우리에게 주어지는 Turning Point는 어디쯤에 있을까? 하는 궁금증을 갖게 된다. 보고도 모르고, 알고도 시도를 못하는 게 현실일 것이다. 자신도 모르게 숨겨진 자신의 재능을 펼쳐 보일 수 있었던 인생의 반전을 두려워하지 않는 것이 중요하다. 앞날에 대한 걱정이나, 주위의 반대를 이기기란 쉽지 않기 때문이다.

삶을 살아가는 방식에는 여러 가지가 있다. 무턱대고 앞을 보며 무한의 질주를 하는 저돌형이 있는가 하면, 수시로 주위를 돌아보며 운신의 폭을 재는 소심형이 있다. 살다 보면 기회는 여러 번 온다고 한다. 인생의 전환점을 잘 선택해 자기 스타일에도 맞고 즐거운 삶과 명예를 거머쥘 수 있는 절대절명의 찬스를 놓치지 말라는 것이다. 스스로 노력해서 얻은 행운은 자신만이 누릴 수 있는 최고의 권리 행사이기 때문이다.

인생의 전환점을 자기 적성에 맞게 잘 선택할 수 있을까? 그런 기회가 좀 더 일찍 왔으면 하는 게 아쉬움은 있지만, 지금이라도 전환을 할 수 있는 Point를 잘 찾아 확신을 갖고 실행에 옮긴다면 즐거운 미래가 눈앞에 펼쳐질 것이다. 다만 실제 이루기 힘든 무모한 것만 아니라면 말이다. Turning Point 앞에 선택을 요구하는 Key가 주어지고, 그 틈새로 활기찬 미래가 조금이라도 보인다면 과감히 Yes를 선택하는 용기가 필요하다. 단 한 번이라도 삶의 질을 향상시킬 그 기회가 온다면 망설임 없이 바꿀 그런 용기가 꼭 필요한 것이다.

집착이 남긴 것

머릿속을 떠나지 않는 것. 어느 하나에 집중을 하며 결코 놓아주려 하지 않는 생각의 멈춤, 그리고 계속해서 떠나지 않는 생각의 놀라운 구속력은 중심축이 여간해서 흔들리지 않는다는 강점이 있다. 살모사의 습성이 한 번 물면 놓지 않는 집요함에 있다면 집착 또한 독함으로 따지면 그 이상임에 틀림이 없다. 무엇을 머릿속에 두면 그 이외의 것은 전혀 염두에도 두려하지 않는 생각의 불통이 그것이다.

사소한 것에 대한 집착은 웃음이 날 정도로 아이 같은 습관에서 시작되었다. 요를 깔거나, 이불을 덮을 때도 그저 펴진 대로 덮는 게 아니었다. 반드시 제품의 상표가 발끝으로 가 있어야 편함을 느끼는 습관은, 잠결에도 몇 번씩 손끝으로 확인해야 잠에 들 만큼 집착을 하고 있었다. 뚜렷한 이유도 없이 언제부터인가 그 모양 그대로 깔고 덮어야 하는 행위는 나이가 들어서도 더 심해지며 고쳐질 기미가 보이지 않는다. 이 정도면 집착이라기보다 습관이라고 해도 무방할 정도의 소소한 것이니 웃음으로 넘길만한 것이다.

좀 더 심각한 집착은 스케줄 관리에 있다. 저명인사도, 대기업의 CEO도

뒤 돌아보면 | 전영구 수필

아니면서 사사로운 스케줄에 대한 집착은 간혹 자기 자신을 힘들게 한 한다. 스케줄 관리에 철저함은 메모에 있다. 먼저 스마트폰에 꼼꼼히 일정을 기록한다. 날짜와 시간별로 음력과 양력을 따져 생일, 등 정기적인 것은 1년 치를 기록하고, 스케줄이 있을 때마다 기록을 한다. 그러고도 뭔지 모를 초조함에 탁상용 달력에 일일이 기록을 하고도 모자라, 컴퓨터 책상 뒤에 달력 그림을 그려 기록을 할 만큼 철저하다. 수시로 쳐다보며, 행사시간이나, 약속시간에 대한 집착은 극에 달한다. 약속은 반드시 10분 전에는 도착해 있어야 한다는 철칙은 나이를 먹을수록 성격이 느긋하게 변해 간다는 말과는 다르게 점점 더 심해지고 있다. 행사 준비를 하면 적어도 한 시간 전에는 모든 준비가 끝나 있어야 미간을 펴고, 웃음기를 찾는다는 주위 사람들의 핀잔을 듣고는 한다.

극에 달한 집착은 옷 색깔의 선택에 있었다. 일관되게 검은색 위주의 의상을 즐겨 착용하는 나의 집착 때문이다. 오로지 검은 색깔의 옷만을 선호하다 보니 옷장을 열어 보면 온통 컴컴해 보일 정도다. 속옷을 제외한 언더셔츠나 외투는 무조건 검은색이라야 만족을 한다. 머리부터 발끝까지 검은 톤을 즐겨 입는 데에는 이유가 있었다. 어린 시절 타악기에 흠뻑 빠져 지낼 때가 있었다. 그 시절 타악기의 귀재로 불리던 분을 존경하고 동경했었는데 그분이 검은 색의 옷만을 입는다고 하여 애칭이 「블랙 레인」이라고 했다. 검은 두건을 하고, 신들린 듯이 드럼을 두드리는 모습에 반해, 그때부터 나도 모르게 검은 옷만을 입게 되었다.

한참 방황을 할 시기에 검은색 옷은 신기하게도 마음을 편안하게 다독여주고, 안정을 찾아주기도 했다. 신세대 용어로 일명 깔맞춤이 이뤄져야 외출을 하는 색깔에 대한 집착은 지금도 쇼핑을 하면 다른 컬러의 옷은 거들떠보지도 않는다. 옷걸이에 줄줄이 걸린 검은색 옷을 보면 그 옷이, 그 옷 같다는 아내의 핀잔어린 말에도 아랑곳없이 블랙 토털 패션에 집착을 하고 있는 것이다. 집착은 새롭게 변하고, 꼭 변화해야 만이 고쳐지는 일종의 심한 표현을 쓰자면 가벼운 병증이기도 하다. 사소한 일이든, 편견에 대한 오해를 부를 일이든지 간에 좋지 않게 보여진다면 득보다는 실이 더 많을 것이다. 하지만 남에게 해가 되지 않는다면 굳이 고통을 감수하면서까지 억지로 고칠 필요는 느끼지 않는다. 느슨한 마음가짐으로 가지려 노력을 하면 집착의 강도는 서서히 줄어들 것이기 때문이다.

남들에게는 시시하게 보일지 몰라도 자신이 몰두하는 것에 대한 사랑은 때로는 걷잡을 수 없는 집착에 빠지게 된다. 나쁜 길로 가는 집착은 도움이 되지못하지만, 자기 발전에 일조를 하는 집착은 꼭 필요한 정신세계의 한 면이라고 볼 수 있다. 사랑이나, 행복에 대해 집착을 해도 모자랄 판에 자신만의 스타일을 세우기 위해 저지르는 집착은 이기주의적이기는 하다. 나에게 집착이 남긴 건, 원칙만을 고집하는 고루한 사람으로 비칠 수 있다. 원하는 각도의 이불을 덮고 숙면 후, 일어나 본인이 만족하는 의상을 차려입고, 남과의 약속을 잘 지키는 것을 완벽하게 이루려는 나의 집착에 누가 손가락질을 하랴 싶다.

아날로그 체질

남보다 뭐든지 앞서 가야 한다는 삶이 주는 중압감이 때로는 자신의 능력을 망각한 채로 무모한 일을 저지르고는 한다. 남보다 뒤 처졌을 때의 불안감보다는 앞서야 한다는 조급증이 무조건이라는 다짐을 하게 한다. 급격히 변해가는 세태에 맞춰 살아가기가 때로는 벅찰 때가 있다. 타고난 기계치에 변화를 두려워하다 보니 신제품, 신기술이라는 단어에도 두려움을 느끼며 지낼 때가 있다. 지금은 디지털 시대로 불린다. 긴긴 시간 우리와 함께했던 아날로그 시대는 가고, 손끝 터치 하나로도 통화를 하고, 필기도구 없이도 메모와 저장이 가능한 첨단 디지털 시대다.

초등학교 시절에 글쓰기를 할 때면 당연히 종이와 연필이 있어야 했다. 5B, 4B로 표시되어 진한 연필과 그림 스케치용으로 구분된 연필을 사용했었다. 그나마 고급연필을 사면 진한 글씨가 써지는데 싼 연필은 글씨 색이 흐릿해 보여 연필심에 침을 묻혀 쓰다 보면 혓바닥이 시커멓게 물들기도 했다. 싼 연필은 지우개로 지워도 깨끗이 지워지지 않아 몇 번만 지워도 숙제

장이 누더기가 되기도 했다.

중학교에 가서는 펜촉에 잉크를 찍어 글씨를 쓰는데 한 번 찍으면 10자를 쓰기에도 모자랐다. 그러던 중 누구의 작품인지 몰라도 천자펜이라는 신제품이 판매되어 학생들 사이에서는 선풍적인 인기를 끌었다. 펜촉에 얇은 고무 재질을 끼워 펜과 고무사이에 잉크가 고여 있다가 흘러내려 쓰는 방식이었다. 몇 원의 차이임에도 소심함에 선뜻 구입하지 못하고 사용이 보편화되고 나서야 사용을 했던 기억이 있다. 「펜글씨 교본」이라는 연습장이 있을 정도로 펜의 시대가 오래 지속될 줄 알았다. 희대의 발명품 볼펜이 등장하기까지는 글 쓰는 데에는 그야말로 없어서는 안 될 동행이었던 것이다.

펜으로 써서 서류를 작성하고, 넓은 공간을 차지하며 보관을 하던 번거로움은 컴퓨터라는 희대의 괴물 같은 제품이 등장하고 나서야 희소성을 남기며 서서히 사라져가고 있다. 컴퓨터가 보편화되고 몇 년이 지나서야 조심스럽게 접근을 했지만, 지독한 기계치인 나는 컴맹이란 호칭을 거부한 체, 컴퓨터에 대한 무조건적인 적개심을 가지고 수기受記를 고집 했었다. 디지털이 만연한 세상에서 살아남기에는 여러 가지 어려움이 따랐다. 詩作을 하는 입장에서 펜으로 종이에 시를 쓰고 나면 아내가 컴퓨터에 저장을 해준다. 수정 사항이 있으면 출력해서 펜으로 수정하고 다시 입력을 하는 번거로움이 있어도 컴퓨터로 선뜻 다가서지 못했다.

시집 한 권을 완성하도록 아내에게 글을 정리하고 전송을 하는 작업을 맡기고 있었다. 누구에게도 이야기하지 못할 답답하고 조금은 창피한 일이 지

뒤 돌아보면 | 전영구 수필

속되고 있었다. 이런 내 모습이 안쓰러웠는지 아내가 컴퓨터 사용을 권하기도 했지만, 처음에는 일언지하에 거절을 했다. 그러나 점점 디지털 시대로 가는 대세는 막을 수 없어 서서히 독수리 타법으로 키보드와 친해지기부터 시작했다. 서서히 컴퓨터의 자판이 손에 익어 글을 쓰고 저장하는데 재미가 붙을 때쯤, 한 번은 시간에 쫓기는 원고를 밤새 쓰고 새벽이 되어 비몽사몽간에 클릭한 것이 몽땅 삭제되는 황당한 일이 있었다. 화를 참지 못해 컴퓨터를 두드려 봐도 소용이 없는 일인지라 애써 화를 삭이며 다시 몇 시간을 쓴 적이 있은 후로 디지털 시대로 가는 걸음이 더욱더 두려워지기도 했었다.

디지털 시대는 빠름과 편리함을 주기도 하지만 부작용 또한 만만하지가 않다. 우리 가족만 하더라도 저녁식사가 끝나면 각자 방으로 들어가 휴대폰을 이용해 게임을 하고 나 혼자 썰렁하게 거실에 앉아 다큐멘터리를 보고 있어 가족 간의 대화의 벽을 느끼게 한다. 전화로 건네는 대화보다는 돈이 들지 않는다는 장점을 살려 카카오톡이라는 문자 대화가 선풍적으로 퍼져나가 일명 카톡을 모르는 사람은 아니, 정확히 얘기하면 스마트폰이라는 디지털 시대의 산물을 이용하지 못하면 소외가 되는 게 현실이다. 아들 방에서 엄마에게 카톡을 보내는 웃지 못할 현상이 우리 집에서도 일어나고 있는 것이다. 열심히 살아도 뒤떨어지는 느낌이 간혹 두렵게도 느껴진다. 하지만 독불장군은 없다는 말처럼 세상을 혼자서는 살 수 없는 일이었다. 두려움을 없애고 노력을 해야만 하는 처지인지라 실로 머리를 감싸며 디지털과의 전쟁을 해야만 한다.

인내와 노력은 기적을 만들기도 한다. 만년 컴맹일 줄 알았던 내가 지금은 서툴지만 개인 문학 카페도 운영하며, 스마트폰을 이용해 카카오톡을 즐기기도 한다. 하지만 가끔 마음 한구석에는 종이 냄새를 맡으며 때처럼 밀리는 지우개 똥을 모아 장난을 치던 시절이 그립기도 하다. 샤프 펜보다는 연필을 들고 백지에 써 내려가는 기쁨을 느끼고, 지우개로 지우면 하얗게 원상으로 수정이 되는 백지를 바라보는 즐거움을 그리워하는 것은 아날로그 시대를 그리워하는 디지털 게으름뱅이의 소심한 마음 속 반란이기도 하다.

놓음과 놓침

얻고 싶은 모두를 얻고, 누리고 싶은 모두를 다 누릴 수가 있을까? 가지고 싶은 것을 쟁취하기 위해 앞뒤 가리지 않고 전념을 하는 것은 욕심이라는 허영덩어리인 것이다. 양손에 가득 가지고 싶은 것을 들고 만족한 미소를 내보이는 기쁨, 아마도 인간이 추구하는 기본적인 마음이 아닐까 한다. 사는 동안 우리는 얼마만큼의 욕심을 부리고, 얼마만큼의 욕심을 내려놓을 수 있을까? 사람에 따라 다르겠지만 그리 쉬운 일은 아니다. 눈에 보이는 부의 가치는 끝도 없이 유혹을 하고, 그것을 충족시키기 위해 사람들은 자신의 분수를 잊고 수입보다는 지출에 치중해 경제적인 난관에 부딪히기도 한다. 그렇지만 가장 무섭고도 두려운 것은 주위에 있는 사람들을 마음에서 놓아버리고 때로는 영원히 놓치는 일이다.

뚜렷한 자신만의 철학을 가지고 사는 스타일이 아니면서도 삶에 밀려 산다는 변명을 하기에는 부끄러운지 언제부터인가 타인에 대한 기피증이 생겨나기 시작했다.

독특하게 외모를 가꾸고, 평범하지 않은 의상을 즐겨 입는 것이 어쩌면 나 자신을 추스르기 위한 방편인데도 타인의 입방아에 오르는 것이 싫어진 것이다. 이해라기보다 있는 그대로를 봐주는 사람과 교류를 하고, 그 외에 사람들과는 거리를 두려고 하는 성격이 강한 탓에 사람을 너무 쉽게 가려가며 사귀는 것이었다. 자신만의 잣대로 사람을 놓아버리는 일은 삶을 놓아 버리는 것과도 같아 사회생활에서는 치명적인 요인이 된다는 것을 뻔히 알면서도 이미 부러진 감정의 잣대는 구부러지는 여유를 잃어 내 사람이 아니면 부러트려 잔가지마저도 없애고 있었다.

사춘기도 아닌 시기에 질풍노도와도 같은 방황은 나의 몸과 정신을 쓰나미처럼 휩쓸고 지나갔다. 황폐라는 표현이 어울릴 만큼 힘에 겨운 생활을 하고 있었다. 이즈음, 종교에 심취한 것은 아니지만 그런 데로 그곳에 마음을 담고, 때로는 기대가면서 여러 활동을 하기도 했었다. 성당의 주일 학교에서는 정식 교사는 아니지만, 행사 때마다 도와주는 파출 교사를 하고 있었는데, 그곳은 수도원과도 가까워 수사님들과의 만남도 자연스럽게 이뤄지고는 했다. 신자 입장에서 보면 무조건 성스러워 보이는 수사님들과의 대화는 짓뭉개졌던 마음의 상처에 새살을 돋게 하기에 충분했다. 술에 취해 횡설수설하며 길거리를 방황하는 모습도 잦아들고, 스스로가 대견함을 느낄 정도로 절제할 줄 아는 자제력이 생겨난 것이다.

뭔가에 빠지면 끝을 봐야 헤어나는 성격인지라 틈만 나면 귀찮을 정도로 수사님을 찾아 철없이 매달리는 짓을 하고 있었다. 그러던 어느 날 외국인이

신 수도원 원장님께서 "스테파노! 형제님은 근래 보기 드문 수사 감인데 수도원에 들어오는 게 어때요?"하시는 것이었다. 처음에는 괜히 하시는 말씀으로 받아들여 웃음으로 지나갔는데, 거듭되는 원장님의 진지한 권유에 망치로 뒤통수를 맞은 것 같은 충격이 다가왔다. 어찌해야 하나? 과연 나에게 맞는 옷일까? 라는 의문은 겨우 추스르며 하루, 하루를 지탱하는 마음속에 커다란 폭풍을 밀고 왔다. 갈 수 있을까? 간다면 견딜 수 있을까? 여태껏 살아온 모두를 놓고 앞으로 다가올지 모를 부귀영화를 놓치는 선택의 기로에 서서 머리는 점점 미로 속으로 빠져들어 갔다.

뚜렷하게 이뤄 놓은 것도 없다. 목숨을 걸 만큼 사랑하는 이도 없다. 주위를 둘러봐도 나를 진심으로 걱정해 주는 사람도 없는 것 같았다. 그렇다면 미련 없이 가야 하나? 수도자의 길이 과연 나에게 참된 길인지, 힘겨운 인생에 대한 도피인지 모른 체 갈등의 골은 깊어만 갔다. 선택도 하기 전에 내 인생에 플러스와 마이너스를 두드리는 자신을 한심스럽게 닦달하기도 했다. 많은 갈등과 싸움으로 얻은 결정으로 수도원에 가려는 결심이 거의 90%로 기울어질 때쯤, 성당에서 친하게 지내던 후배가 찾아와 나와 똑같은 고민을 하다가 수사가 되기로 결심했다는 말을 하는 것이었다. 장남이라는 부담은 있지만 약간의 경제력을 어느 정도 마련을 해서 동생에게 부모님의 남은 여생을 맡기고 출가의 결심을 굳혔다고 했다. 후배의 표정은 이미 모두를 내려놓은 듯 편안해 보였고, 나의 기도를 부탁하며 수도원으로 떠났다.

욕심은 살아있고, 과한 욕심을 자기 양껏 채울 수 없음에 갈등하던 초라한 내 모습은 이미 절망으로 추락하고 있었다. 역시 나는 도피를 택했던 것이었다. 방 한편 쌓아놓았던 짐은 피난민의 보따리처럼 무겁게만 보였다. 누굴 만나고 누구에게 상의할 수도 없는 얘기는 자꾸 술잔 속에서 휘몰아치기만 했다. 세월이 약이라는 말은 거짓이 아니었다. 그나마 남아있던 사람들을 멀리하고 고립을 자초하던 일상을 접고 서서히 마음의 충격에서 벗어나고 있었다.

혼자 했던 지나간 결심은 마음속에 숨기며 수도원 원장님 앞에서 예전처럼 철없이 굴어도 뭔가를 눈치채셨는지 빙그레 웃으시며 "아깝다. 스테파노 형제! 영락없는 원장감인데…."하시며 등을 토닥여 주셨다. 적지 않은 나이에 시험 아닌 시험에 들어서서 나 자신을 돌아보게 된 짧은 열풍은 그 후로 두고두고 의구심을 만들어 냈다. 내가 정말 원장님 말씀대로 수도자가 될 수 있었을까? 아니면 현실을 도피하려는 못난이를 구제해 주시기 위해 하신 말씀이셨을까? 반대로는 타락 직전의 나를 놓고, '그런 나를 한심스럽게 바라보던 눈길을 미움에서 내려놓을 수 있는 기회를 놓친 것은 아닐까?' 하는 생각끼리의 부딪침이 계속되고 있었다.

롤러코스터와도 같은 시간을 보내고 지금은 가정이라는 둘레에 가족이라는 등짐을 지고도 기쁨으로 두 손 모아 기도하는 행복을 이루어가는 나를 돌아보면 그때 단호하게 내려놓고 떠나지 않은 것이 지금의 행복을 가져다준 것이 아닐까 하는 위안이 된다. 하늘이 주려 했던 수도자의 일생의 놓침으로 평범하지만 다른 삶에 최선을 다하라는 다른 계시가 아니었을까 하는 생각에 머물게 된다.

뒤 돌아보면 | 전영구 수필

사소한 중독

한두 번쯤은 자신도 모르게 행해지고 있는 반복적인 행위들이 있다. 무슨 일 인가에 자신도 모르게 푹 빠져들어 일상에 피해를 줄 만큼 심각하다면 그걸 중독이라고 한다. 한 가지 일에 열중하다 보면 지나치게 그 일에 몰두하게 되고 다른 일은 무심하여 그것에만 집착하는 것인데 그것이 되풀이되다 보면 중독이 된다. 일상에서 오는 중독들을 분석하다 보면 아주 습관적인 것들이 많다.

아침에 눈을 뜨면 맨 먼저 TV의 리모컨을 먼저 찾는다. 보든 안 보든 일단은 켜놓고 몸의 움직임을 시작한다. 자주 보는 화면 중에서도 매일같이 같은 시간대에 시작되는 드라마는 슬며시 중독에 빠지게 한다. 일일 드라마가 주는 중독성 강한 마력은 다음 회 또 다음 회를 기다리게 하는 스피드한 장면의 전개에 있다. 무언가 자신의 일상이 아닌 좀 더 자극적인 스토리를 원하게 되고 극 중에 빠져들어 괜한 분노와 통쾌함을 번갈아 느끼기 때문이다.

일일 드라마의 한 회분 마무리는 꼭 아슬아슬하거나, 극적인 장면을 예고하고 끝을 맺기 때문에 다음 스토리를 손꼽아 기다리며 안절부절못하는 초조함을 낳는다. 다음날이면 기필코 TV 앞에 앉아 주인공의 안위에 따라 안도의 한숨을 내쉬거나 분노의 징벌성 발언을 혼자서 내뱉는다. 극 중 인물과 같은 처지가 되어 웃고 우는 감정의 변화를 겪는다. 그러다 보면 그 시간이 기다려지고 다른 것은 아무 일도 할 수 없을 정도의 몰입이 되어 서서히 드라마 중독에 빠지게 된다. 이렇게 사소하게 생각할 수 있는 중독은 의외로 생활 주변에서 손쉽게 만나게 된다.

어려서부터 비교적 음주에 관해서는 개방적인 집안 분위기에서 자란 탓인지 나는 일찍 술을 가까이한 편이다. 물론 청년기에는 호기나 겉멋이 들어 그런 거였지만, 조금씩 성장하면서도 아무런 거리낌 없이 마시고는 했다. 집안 어르신 앞에서 무릎을 꿇고 '술은 어른 앞에서 배워야 된다.'는 말씀에 머리 조아리며 받아 마시던 술맛은 어른이 되어서도 잊을 수가 없었다. 다행인지 불행인지 체질적으로도 잘 맞아 한때는 친구들 사이에서 酒神이라 불릴 정도로 많은 양을 즐겨 마시고는 했다. 기분에 따라, 사회적 성취도에 따라 마시게 된다는 술에 붙어 다니는 핑계는 끝이 없었다.

술에 관한 한 자신하던 나의 몸과 정신도 시간에 따라 힘들어지고 그럴수록 술에 의존하는 횟수가 잦아졌다. 일명 습관성 알코올 중독인 줄도 모르고 그저 마시면 취하고, 취하다 보면 더러 필름이 끊긴다는 일명 블랙홀 현상이 자연스럽게 이어지고 있었다. 술을 마시다 보면 그럴 수 있다는 막연한 판단이 중독이라는 심각성을 흐려놓은 것이었다. '마음의 공허함을 무엇으로 채우랴 – 술뿐이다.'라는 공식이 뇌리에 박혀 밤이면 술집으로 1차! 2차!를 부르짖으며 향하던 쓸쓸한 기억이 있다. 물론 지금도 금주를 한 것은 아니다. 남자가 술 없이 무슨 낙으로 살지?라는 생각은 변함이 없다. 다만 스스로 판단하건대 의학 용어인 습관성 알코올 중독이라는 것을 염두에 두고 양을 줄여가며 스스로를 자제할 수 있는 능력이 있기에 중독이라는 극단적인 평가에서는 빠져나올 수 있었다.

인생을 망치는 중독은 많이 있다. 본인은 사소하다고 느낄지 몰라도 그것이 쌓여 마지막은 패가망신하는 경우를 종종 보게 된다. 얼마 전 성형중독으로 얼굴이 흉측하게 변해버린 여인의 후회 섞인 탄식은 수술이 아니라 시술이라는 어처구니없는 망상에 경종을 울리는 좋은 본보기가 아니었나 싶다. 물론 수술 후 만족함과 자신감이 생겼다면 기쁜 일이다. 그러나 욕심은 한이 없어 조금 더, 한군데만 더! 하다가 아예 족보에도 없는 얼굴이 되어 눈물로 나날을 보내는 불행을 자초하고 말았기 때문이다.

요즘 신흥으로 생겨난 쇼핑중독의 후유증 또한 만만치 않다고 한다. 갖고 싶은 것을 사는 건 좋은 일이고 맞는 말이다. 형편에 맞게 사고 즐기는 건 누구나 누릴 수 있는 행복이다. 그러나 과도한 지출은 인생의 덜미를 잡는다. 개인 파산 신고제라는 신조어가 탄생 될 정도로 쇼핑에 쏟는 돈은 어마어마하다고 한다. 요즘은 쇼핑도 꼭 외출해야만 하는 게 아니라 집에서도 TV만 켜면 각종 물품들이 잘 포장되어 판매가 된다.

일명 쇼 호스트라는 판매원의 말솜씨는 구입을 하지 않고는 못 견딘다는 어느 쇼핑 중독자의 고백이 있었다. "자! 이제 수량도 몇 점 없구요. 마감 1

분 전입니다. 다시는 이런 가격에 구입할 수 없는 마지막 찬스!"하고 외치면 가슴이 떨리고 초조해진다는 것이다. 아파트의 초인종 소리만 울려도 홈 쇼핑 중독에 걸린 아내가 구입한 물건의 택배가 오는 줄 알고 가슴이 덜컥 내려앉는다는 쇼핑중독 배우자의 웃지 못할 고백도 있었다.

중독은 알게 모르게 뇌를 지배해 판단을 무기력하게 만들어 놓고 한 가지에만 집중을 하게 해 정상적인 생활을 할 수 없는 위험한 지경에 빠지게 한다. 이러한 중독증을 고치기 위해서는 많은 방법이 필요하다. 우선은 자신이 처해있는 현실을 인정하는 것이다. 본인의 인정이 있어야 치료가 가능하다. 전문가의 말로도 인정을 하는 사람에 한해서는 50% 이상이 중독에서 완전히 벗어났다고 한다. 먼저 인정을 하고 해결책에 귀를 기울여야 한다. 삶의 우울증을 지우기 위한 방편이었다면 생각을 다른 곳으로 옮기는 것도 한 방법이다.

가벼운 산책이나 음악을 자주 듣는 것도 한 방법이다. 더러는 시행착오도 있다. 나의 예를 들면 과도한 음주 습관을 고치기 위해 운동을 택했고 열심히 노력한 결과 어느 정도의 목적은 이룰 수 있었으나 다시 운동 중독에 빠져 한참을 고생한 경험이 있다. 이렇듯 전문가가 아니면 쉽게 고치기 힘든 증세지만 의지만 있다면 불가능한 것도 아니다. 주의를 둘러보고 충고를 받아들이고 자신의 의지로 생활해 간다면 얼마든지 평범하게 살아갈 수 있다. 증세가 더 심각하다면 의료기관을 찾아 치료를 받아야 하겠지만 사소한 중독이라면 생각의 반전으로도 가능한 일상의 필요악이 아닐까 한다.

인생 요리

온 정성을 다해 한 상 맛나게 보이는 요리를 차려 놓고 그것을 맛있게 먹어 주는 사람이 있다면 그보다 더한 행복은 없을 것이다. 마음을 다해 차린 정성이 담긴 요리, 요리는 사람이 섭취할 수 있는 음식을 만든다는 행위에 속하지만 사람의 마음을 컨트롤하는 의미로 쓰이는 경우에는 여러 가지 유형의 숨은 뜻이 있다. 보편적으로 알려진 요리는 음식에 국한된 것이지만, 사람의 정신세계를 지배하는 내면으로 들어가 광범위한 뜻을 살펴 본 다면 각기 함축된 의미가 연결되어 있다는 이야기가 된다.

때로는 남의 마음을 흔들어 놓는 것에도 요리한다는 뜻이 사용되기도 한다. 상대의 마음을 읽고, 상태에 따라 마음의 움직임을 좌지우지할 수 있다는 것인데, 이때 동반하는 문제는 자칫 권모술수로 이용될 수가 있다는 위험이 따른다. 그렇지만 다른 한편으로는 자신에게 주어진 삶을 잘 컨트롤해 행복으로 이끈다는 뜻이기도 하다. 돌이켜 보면 내 인생 최고의 요리는 세상에서 가장 소중하게 차려놓은 가정과 크고 작은 기쁨을 주는 가족이 아닐까 한다.

결혼 초, 애교는 있지만 엉뚱한 면에서 고집불통 증상을 보이는 아내의 마음을 요리하기란 그리 쉽지가 않았다. 성격이 만만치 않은 남편을 이겨보려는 것은 아니지만, 가끔씩 미련스러울 정도로 자신의 고집을 내세우는 아내에게 정신적 우위를 차지하려고 안간힘을 쓰던 시기가 있었다. 무조건적으로 내가 옳으니 수긍을 강요하며 윽박지르는 언행도 서슴지 않았던 시절이 있었다. 그 방법 이외에는 생각조차도 하지 못했었다. 아내의 눈에서 닭똥 같은 눈물이 흘러야 비로소 화를 거둬들이던 그때는 상대의 의견은 안중에도 없었다. 오로지 내 뜻에만 따르도록 원했던 것이다. 참고 참으며 따라주던 속 깊은 마음은 모르고 자신만만하게 아내를 요리할 줄 안다고 뿌듯해하던 젊은 날의 잦은 만행은 나이가 들면서 점차로 줄어들었다. 자식이 커 감에 따라 오히려 지금은 아내가 나의 마음속을 자유롭게 들락거리며 자신의 생각으로 나를 요리하고 있음을 느낄 때가 있다.

　눈으로는 웃으며 대하지만 마음속은 확고한 방향으로 정하고 인내를 가지고 대해 상대를 지치게 해서 결국은 자신이 생각한 그대로 옮기는 것을 느끼고는 한다. 그렇다고 기분 상하게 하는 것이 아니라 이건 뭐지? 라는 생각이 들 때쯤 이면 이미 결과는 아내의 승리로 끝을 맺는 것이다. 기분이 상하지 않게 상대를 요리하는 현명함을 키워 준 결과물인 것이다. 마음의 평화가 지속되는 지금에도 가끔 성에 차지 않아 소리를 지르면, 과거 남편의 전과를 체험해서인지 움찔하기는 하지만 예전 같은 조건 없는 승복은 물 건너갔다는 자괴감에 쓴웃음을 짓는다. 그래도 현명한 아내 덕에 큰 마찰 없이 평온한 가정을 요리할 수 있어 좋기는 하다.

세월이 흐르다 보니 이제는 제법 능글맞은 얼굴로 대놓고 남편을 요리하려 든다. 어찌 된 일인지 나 또한 그것이 싫지 않음은 아마도 시간이 준 선물이 아닌가 싶다. 서로의 감정을 첨예하게 내세워 한 치의 물러섬도 없이 대립만 한다면 삶이 추구하는 행복은 이미 물 건너간 일인 것이다. 한 사람이 팔을 걷어붙치고 삶에 필요한 양념을 잘 섞어 완벽한 요리를 내놓는다는 과정은 상대의 도움 없이는 불가능한 것이다.

무릇, 요리라 함은 만드는 사람이나, 먹는 사람이나 모두가 만족해야 훌륭한 요리라 하듯이, 사람의 마음을 요리하는 것도 서로가 소통이 되고 만족한 결과가 이루어져야 되지 않을까 싶다. 본인만의 생각으로 마음속 감정을 요리하려 든다면 독선이 되기 쉬운 까닭이다. 인생에 주어진 단 한 번의 기회를 실패 없이 요리한다면 누구나 행복한 생활을 영위할 수가 있다. 그리고 행복이 주는 맛에 현명이라는 조미료를 첨가해 이어간다면 자식이라는 또 다른 기쁨을 덤으로 얻게 되는 것이다. 그래야 비로소 내 인생의 최고의 요리, 바로 가족이라는 울타리를 견고하게 이뤘다는 자부심을 갖고 살아갈 수 있는 것이다.

마음속 화초 가꾸기

세상을 바라보는 눈을 맑고, 밝게 해주는 것에는 무엇이 있을까? 찌든 일상에 시달리다 보면 머릿속까지 시원하게 해줄 것을 찾아 두리번거리게 된다. 멀리 있는 것보다 가장 가까이에 있는 푸른 하늘빛, 그 아래서 하늘거리는 진한 녹 빛의 나뭇잎들이 우리가 접하기에 가장 쉬운 것들이다. 푸른 하늘은 시각적으로 싱그러움을 주어 마음을 평온하게 하고 나뭇잎들은 피톤치드라는 물질을 내뿜어 심신을 맑게 해 준다. 가까이 곁에 있는 이들 모두 고마워해야 할 존재들이다. 요즈음 나의 심신을 다스리는 주치의는 내 손길을 받고 자라는 화초만 한 게 없다. 사시사철 베란다에서 꽃을 피우고 행여 지고 나면 씨를 내려 다음을 기약해 주는 화초야말로 최고의 위로이며 기쁨의 대상이 아닐 수 없다.

평수가 넓지는 않지만, 그런대로 세 식구 살기에 불편하지 않을 정도인 아파트 베란다엔 수년간 정성스럽게 키운 화초가 자태를 뽐내며 자라고 있다. 평소 다혈질 성격의 소유자인 나는 방문하는 사람들이 진짜요? 진짜로 키운 거예요? 하며 의아해 할 정도로 섬세하게 화초 기르기에 열과 성의를 다한다. 우연한 기회에 작은 풍란을 키우다 기적 같이 피어난 꽃과 향기를 접한 후 자연스럽게 발표하는 글과 개인 카페 사진 소개 코너에 소개를 했다. 그 작은 몸의 꽃에 우리 가족의 시각이며 후각은 노력에 비해 과분한 호사를 누리고 있다.

화초 기르기는 아파트의 온도에도 변화를 준다. 무더운 여름날 짜증스런 더위에 지칠때 쯤, 물세례를 퍼붓고 나면 마음도 몸도 시원해지고 화초도 싱그러운 얼굴을 내보인다. 겨울이면 습도를 조절해 주는 역할을 해 기대 이상으로 쾌적한 분위기를 연출하기도 한다. 이렇듯 자기 손에 자라난 화초가 삶에 활력과 건강에 도움을 받는다면 얼마나 기쁜 일인가. 봄이면 너도나도 화원으로 달려가 예쁜 화분에 화사한 꽃을 심어 오지만 내 경험으로는 화려한 꽃은 생명이 짧다. 너무 자랑을 하다 일찍 지쳐 늘어지는가 생각하며 웃음 짓기도 하지만 사람이나 화초나 소박해 보이는 외모의 소유자가 만남도 오래가고 싫증도 나지 않는다. 그래서 나는 왜소할 정도로 작은 화초를 고집하며 예쁘고 향기로운 내음을 선사하는 풍란에게 푹 빠져 살고 있다.

베란다의 화초 기르기는 성공을 했지만, 마음속의 화초인 아들에게는 아직 세심하게 물을 주며 정성을 쏟는 중이다. 집안에 없어서는 안 될 양념 같은 존재로 자라 기쁨은 주고 있지만 여러 가지로 아비의 욕심에 부응하지 못해 때로는 채찍과 당근을 가려 주면서 멋진 사내로 자라기를 바라고 있다. 물려 준 DNA가 그리 훌륭하지 않음에도 많은 부모들은 기대 이상을 자식에게 요구한다. 의사가 되라, 판, 검사가 되라 하며 자식의 능력은 파악하지도 않고 마냥 자신의 꿈만을 내세우며 그길로 가기를 강요한다. 나 또한 그런 부류 중의 하나여서 가끔은 닦달을 하곤 하지만 아직은 사랑받는 화초로 자라고 있어 고마워하는 이중의 갈등에 빠져있다.

부모의 눈에 비친 자식은 늘 부족해 보이고 불안해 보인다. 막내로 자라 온 식구의 사랑을 독차지하고 자란 터여서 나의 역할이 무엇인지를 알고 웃음꽃을 피우는 재롱을 곧잘 떨며 지냈다. 어려서부터 눈치 하나는 빨랐던 모양인데 우리집 화초도 눈치 하나는 백 단은 되는 듯싶다. 요구 사항이 있을 때의 말투와 행동을 적절히 구사하고 협상의 문에 아비를 곧잘 끌어들이는 거로 봐서 공부는 안 되더라도 사회성은 일품일 것 같다. 사교성도 남달라 또래들이 모이는 장소에 가면 빠른 시간 안에 쉽게 세를 규합해 리더가 되어 놀고는 한다.

화초가 지녀야할 제일 덕목은 품격이다. 말을 할 수 있고 없음과, 행동을 할 수 있고 없음의 차이는 있다. 그러나 표현이 건네주는 그들의 위력은 크기나 모습에 상관없이 마음을 녹이고 기대와 기쁨을 한껏 취하게 해준다는 공통점이 있다. 꽃 피기를 기다리며 양분과 정성을 주고 기다림이라는 인내를 배우게 한다. 그러면 그들은 반드시 짧지만, 환호가 섞인 소박한 행복의 탄성을 지르게 해준다. 그와 반대로 마음속 화초는 정성을 들이는 기간이 무한하다. 평생을 간다 해도 과언은 아니다. 어려서는 먹여주고 입혀주고 하지만 장성해서까지 걱정을 동반하는 게 마음속에서 자라는 화초 즉 자식인 것이다. 온 힘을 쏟아붓는 사랑이 있어야 곱게 자라 한없는 기쁨을 주게 된다. 손길을 바라는 베란다의 화초나, 클수록 손길을 거부하는 자식이나 보살핌의 마음이 애틋해야 세상에서 가장 사랑스러운 화초가 된다는 진리를 얻게 된다.

생활 속 재발견

햇살 비추는 산책로를 따라 실개천도 바라보고 그 위를 떠다니는 물새들과 갖은 곤충들의 몸놀림을 감상하고 룰~ 루 랄~ 라 행복의 콧노래를 부르며 가족과 함께, 때로는 혼자 하는 산책의 여유로움은 느껴 본 사람만이 알 것이다. 시간에 쫓기며 사는 현대인들이 스트레스를 달고 살면서도 자신을 위해 선뜻 시간을 내지 못하는 게 또 하나의 비애이기도 하다. 이때 권해주고 싶은 게 바로 산책이다. 잠깐의 시간을 내면 비용도 들지 않으며 대화의 폭을 넓혀주는 아주 괜찮은 해소법이 될 수 있다. 가족 간의 대화가 비교적 적은 나는 대화의 창구로 산책을 자주 선택하고는 한다.

평소 가부장적인 나의 말투나 행동에 아들 녀석이 꽤 반감을 가지고 있고 아내 또한 표현은 잘 안 해도 탐탁한 속내는 아닌 것 같기에 간혹 넌지시 "아버지랑 자전거 탈까? 냇가 한 바퀴 어때?"하면 대개 못마땅한 얼굴을 하면서도 따라 나선다. 특히 아들과의 산책은 기대와 실망이 반복하지만 그래도 어릴 적 시골 출신인 나는 부모님과 손잡고 들길을 거닌다든지 쇼핑을 함께

한 경험이 없어서 되도록 많은 시간을 아들과 보내려 신경을 쓴다. 하지만 반대로 아들 녀석은 아빠보다는 친구들과 더 많은 시간을 보내고 싶어 하니 약간은 서운함이 앞서는 건 사실이다. 주말이면 내심 계획을 짜놓고 얘기하려 하면 친구들과의 약속을 일방적으로 통보를 해 어이없어하고는 했다.

자전거 산책을 할 때도 내가 몇 마디 물어야 대답하는 그리 유쾌하지 않은 내색을 간접적으로 내비친다. 대화의 대부분도 나 혼자 쉽게 던지는 우려의 말뿐이다. 속력을 줄여라, 주위를 잘 살피며 타라, 등등 다칠까 하는 우려가 대부분이지만 평소 덤벙대는 성격의 녀석인지라 여간 신경이 쓰이는 게 아니다. 물론 나만의 걱정일 수도 있다. 가끔 학교생활 중 야외캠프를 가려 하면 나도 모르게 잔소리가 이어진다. "짐은 잃어버리지 말고 잘 챙겨 와라." "너무 까불지 말고 선생님 말씀 잘 들어라." 하지만 녀석은 귀담아듣는 척도 하지 않는다. 그렇지만 정작 돌아올 때는 「우수대원」이라는 상장을 들고 와 시위하듯 내 앞에 내보인다. 녀석이 더 크면 아비 마음을 알아줄까? 하는 기대와 그래도 아빠한테 지지 않으려고 힘차게 페달을 밟아 아빠를 앞서고는 우쭐한 표정을 짓는 녀석을 보는 기분이 뿌듯하기도 하다. 이 뿌듯한 속을 알기나 하는 듯 슬며시 속도를 줄여 아비 뒤로 가주기도 하는 녀석과의 산책은 말보다는 행동으로 보여주는 참 대화의 묘미를 느끼게 한다.

아내와의 산책은 비교적 차분하다. 아내의 성격 자체도 조용하지만 웬만하면 나의 말이나 의견을 따르는 스타일이라 무슨 의견을 제시해도 쉽게 행동으로 옮길 수 있는 장점이 있으며 여유를 가지고 같이 걷고 있는 아내를 훔쳐보는 보는 재미 또한 쏠쏠하다. 생활 속 재발견이라고 해야 할까? 쌍꺼풀 선이 참 또렷하네, 입술이 저렇게 초롬했었나? 하며 속으로 웃곤 한다. 부부간의 대화는 이불 속 대화가 가장 진솔하다고 하지만 하천 길을 따라 걸으며 주고받는 마음속 대화는 평소보다 이해도 빠르고 쉽게 일치를 이룰 수가 있다.

술을 자주 즐기는 나는 기분 좋게 취하면 공약을 남발하고 다음날 기억을 못해 母子를 실망 시키고는 했는데 얼마 전 아내가 슬쩍 서운한 얘기를 건네 왔다. 평소에는 전화도 잘 안 하면서 술만 취하면 장모님을 걱정하며 여행을 모시고 가자며 온갖 걱정을 다 하고는 다음날 언제 그랬느냐는 듯 아무런 말도 없이 흐지부지 그냥 지나간다는 것이다. 한편 부끄럽고 한편 죄송해서 이번 여름휴가 때는 꼭 모시고 가자며 아내를 달래며 자주 가는 집 근처 카페에 들러 녹차라떼 한 잔과 웃음으로 미안함을 대신했다. 아내도 내 마음을 읽었는지 살포시 웃어 준다. 산책이 마음의 여유를 불러와 가능했던 일이다.

산책의 매력은 같은 동선을 따라 같이 걷는다는 것이 우리네 인생의 항로와 비슷하다. 작은 배려와 노력으로 얻는 시간의 소중함은 서로를 이해하려는 마음가짐이 아닐까 싶다. 산책을 통해 서운한 것은 걸음 뒤로 흘려버리고, 좋은 기분은 꼭 잡은 두 손안에 소중하게 쥐고 돌아와 다시 시작하는 일상에 양념처럼 버무려 늘 행복으로 이어지길 바라는 것은 모든 이의 소망일 것이다. 뭔가를 얻으려면 내가 가진 욕심을 버려야 하고 때로는 허물을 과감히 감싸줘야 한다. 술이 주는 순간의 기쁨보다는 함께 걸으며 생각의 공유를 일깨워주는 산책이야말로 대화의 목마름으로 생긴 가슴의 병을 한꺼번에 날릴 최고의 명약이다.

겸손

숨이 거칠다. 예전 같지 않다는 말이 실감 나기 시작한 것은 얼마 되지 않지만, 툭툭 마룻바닥을 때리며 떨어지는 땀의 생동감은 느끼는 사람만이 그 쾌감을 안다. 한 번 빠져 헤어나기 힘든 중독성을 지닌 스포츠는 건강을 위해서는 꼭 해야 할 필수 여건이다. 하지만 게으름이나 여러 핑계가 자리를 잡으면 영영 할 수 없는 것이 스포츠이기도 하다. 건강을 위해 운동을 한다 하더라도 도가 지나치면 오히려 건강을 해치는 무모함을 자처하기도 하는데 이는 욕심에서 비롯된 것이지 결코 스포츠 자체가 해를 준 것은 아니다.

무언가에 빠져들면 쉽게 헤어 나오지 못하는 단세포적인 성격을 지닌 탓에 일도 운동도 한번 시작하면 끝을 봐야 직성이 풀리고는 했다. 일단 적성에 맞는 종목이 선택되면 죽기 살기로 매달려 최선을 다하고, 일정 기간이 흘러 어느 정도의 실력이 쌓아지면 스스로의 판단에 의해 서서히 다른 종목으로 눈길을 돌리고는 했다. 20대 중반에 입문한 스키는 혼자 할 수 있는 스포츠라서 총각시절부터 푹 빠진 종목이었다. 겨울이 오면 스키에 빠져 퇴근

시간이 오기가 무섭게 서둘러 회사 근방의 스키장을 찾아 혼자서 설원을 누비다 자정이 되어서야 귀가를 하는 일이 태반이었다. 귀가를 해서 침대에 누워도 발끝을 타고 흐르던 설원의 촉감에 짜릿해하며 아내 몰래 입을 틀어막으며 웃음을 애써 감추기도 했다. 누구의 도움도 없이 독학으로 스키에 꼭 필요한 기본 기술을 스스로 익혀가며 무던한 노력을 했었다. 이때는 나이도 젊고 해서 큰 부상 없이도 나만의 스키를 즐길 수 있는 경지에 이르렀었다.

한낮 태양 아래 라켓을 휘두르며 진한 땀을 흘리던 테니스는 또 몇 년간 나의 발목을 잡아 놓았다. 주말이면 거의 몇 시간을 쉬지 않고 게임을 즐기다 보면 온몸이 후들거려 샤워를 제대로 못 할 정도로 탈진을 할 때가 있는데 시원한 맥주 한 모금으로 다시 원기가 회복되는 쾌감에 부상도 숨기고 경기를 할 때가 있었다. 유니폼을 벗어 보면 어느새 땀으로 배출된 염분이 말라버려 하얀 무늬로 뻣뻣하게 굳어있었다. 경기가 끝나고 나면 허리, 무릎, 팔꿈치 등에 적지 않은 통증이 밀려오지만 젊은 나이인지라 회복도 빨라서인지 상대에게 지고 싶지 않은 마음에 더 이를 악물고 게임에 임하고는 했다.

나이가 들수록 혼자만이 하는 운동에 서서히 눈치가 보여 가끔은 아내와 함께 아파트 근처 공원에서 산책을 하고는 했는데, 그곳에는 야외에서 배드민턴을 칠 수 있도록 코트가 마련되어 있었다. 하루 이틀 가다 보니 그곳 사람들과 안면도 있고 해서 서로 콕을 날려주는 난타라는 것을 쳤다. 그러다 아내도 즐거워하고, 나 또한 다른 매력을 느껴 배드민턴에 빠져들고 말았다. 보기에는 쉬워 보이던 배드민턴은 입문을 하고 나니 의외로 어렵고 장비 또한 가격이 비싸 망설이게 했지만, 투자 이상의 매력을 느껴 부부가 함께 입문을 결정했다.

우선 클럽에 가입을 해야 자주 편하게 배드민턴을 칠 수가 있었다. 텃세도 심하고, 실력의 격차를 많이 느끼는 운동이다 보니 잘 치는 사람들의 지도가 필요해 클럽 가입은 필수였다. 여태까지 즐기던 운동과 마찬가지로 한 번 발을 들여놓고 보니 다시 끓어오르는 승부욕은 퇴근을 하면 바로 야외보다 더 좋은 시설을 갖춘 체육관으로 가서 마감시간까지 꼬박 4시간여 운동을 하는 강행군을 자처하고 있었다. 그야말로 온몸이 파김치가 되는데도 오히려 상쾌해지는 기분이 들었다.

노력은 헛되지 않아 여러 시합에도 출전해 비교적 빠른 시기에 승급도 했다. 같은 시기에 시작을 해서 급수가 낮은 동료들을 바라보면 알 수 없는 기쁨이 밀려오기도 했다. 그들과의 게임에서 승리를 거두면 괜히 우쭐해지는 것을 느낄 수 있어 기쁨은 배가 되는 것이었다. 그러다 보니 게임의 완벽한 승리를 위해 더 뛰는 무리수를 감행하기도 한다. 그들보다 조금 운동신경이 뛰어난 것 같다는 우월감에 사로잡히기도 했다. 특히 배드민턴은 파트너가 중요한 역할을 하기 때문에 가끔은 덕도 보지만, 대부분은 경기 패배를 파트너 탓을 하는 이도 종종 있어 트러블이 있는 종목이기도 하다. 자주 운동을 하다 보면 신체의 사이클의 높낮이를 느끼게 된다. 어느 날은 능력 이상으로 잘 치는 날이 있는가 하면 컨디션 난조로 게임을 망치는 경우도 있다. 이때 욕심을 부리면 반드시 부상이 오는 거였다.

모든 스포츠가 그렇듯이 과하면 반드시 대가를 치러야 하는 진리가 있다. 바로 부상이 도사리고 있는 것인데, 대부분 3년 차가 지나면 두어 가지 부상은 기본으로 달고 사는 것이었다. 승패에 연연하다 부상을 당해 운동도 쉬고, 고통을 감수하고 있는 지금의 내 모습이 딱 표본인 듯싶다. 눈을 떠 아래를 보니 칭칭 동여맨 압박붕대가 자신을 조롱하듯 쳐다보고 있다. 상대를 얕보고 과한 플레이를 한 결과로 무릎 연골이 늘어나 재활을 하고 있는 것이다. 움직임이 격렬한 운동으로 치명적인 부상을 안은 셈이다. 그날, 조금만 상대를 배려하는 플레이를 했었으면 하는 후회는 그저 가슴 속을 맴도는 공허한 메아리일 뿐 후회해도 소용없는 일이다.

흔히 운동은 최고의 보약이라고 한다. 적당 선에서 자신의 체력에 맞게 운동을 한다면 그보다 더 좋은 보약은 없다는 뜻일 것이다. 자신보다 실력이 부족한 사람을 배려하고, 그들과 플레이 높이를 맞춰 즐기는 운동을 할 수 있는 인격을 키우는 것도 스포츠 정신의 일환이라고 생각을 한다. 아파봐야 아픈 마음을 이해한다더니, 이렇게 고통스러운 부상을 입으니 겸손한 마음이 앞서는 건 어쩔 수 없는 소인배이기 때문일 것이다. 이제라도 겸손과 배려를 갖춰 좀 더 즐기는 운동을 해야 하지 않을까 스스로 다짐을 해본다.

무한 리필 – *infinity refill*

주어진 것을 소비하고도 더 필요할 때면 일정량을 요구하고, 그 요구에 따라 채워주는 리필이라는 시스템이 있다. 어쩌면 리필이라는 제도가 있어 자신의 구매행위에 대해 대단히 만족감을 느낄 때가 있다. 부족할 때마다 양껏 채워주는 약속된 행위지만 어찌 보면 자제를 필요로 하는 역설적인 면도 있다. 부족함을 무한정 채워준다는 면에서 보면 상당히 필요하고도 고마운 일이지만, 주어진 양이 충분한데도 무턱대고 리필을 요구하는 행위는 자제되어야 할, 또 다른 무언의 약속인 것이다. 이는 상행위뿐만이 아니라, 우리네 삶 속에서도 일어나는 아름다운 모습일 수도 있다.

어머니 고쟁이 속에 숨겨진 쌈짓돈처럼 무한리필 되는 것도 드물다. 명절이나, 집안 행사마다 들리는 자손들에게 건네는 꼬깃꼬깃한 지폐는 마치 마르지 않는 샘처럼 사시사철 리필을 기다리고 있는 것 같은 기분을 준다. 계절마다 산이나 들에서 채취한 나물 등을 시장 좌판에 팔아 용돈을 마련하거나, 자식들이 건네준 효도의 용돈을 고쟁이 깊숙이 저장시켜 놓았다가 내어

주는 것이 대부분이기는 하다. 하지만 아깝다는 생각보다는 내 자손들을 위해서는 한 푼도 망설임 없이 다 베푸는 것이다.

어린 시절, 좀처럼 쉽게 열리지 않는 엄마의 고쟁이 속 쌈짓돈에 원망도 많이 했던 기억이 떠오른다. 당신의 생활을 생각하면 한 푼이 아까울 수도 있으련마는 어머니 고쟁이 속 지폐는 행복한 미소를 짓는 자손들의 만남을 손꼽아 기다리며 산다. 도시보다는 궁핍하지만 당장 손에 쥐여주는 대가를 지불하지 않아도 되는 어머니의 자손들을 향한 용돈 사랑은 그야말로 무한 리필의 원천인 것이다.

중년이 넘어서도 아내에게 더 관심을 채근하는 행위는 한 평생 희생만을 종용하는 양심 없는 예가 아닌가 싶다. 젊은 청춘을 가족 뒷바라지에 다 바치고 이제 와 호강을 누릴 시기가 왔음에도 불구하고 철없는 남편의 집요한 요구는 끝이 없다. 주말이면 당연하다는 듯이, 혼자서 자신의 취미생활을 즐기기 위해 집을 나서는 남편들, 요즘 말로 간이 배 밖으로 나온 행태가 아닌가 싶다. 설령 집에 머문다 해도 손가락 하나 까닥하지 않고 요구만 하는 행위는 지탄을 받아야 마땅할 것이다. 한때는 남들과 같은 길을 걷다, 지금은 개과천선(?)을 해서 아내와 나란히 같은 취미를 즐기는 나로서는 쓴웃음 짓는 시선을 보낼 수밖에 없다.

시간이 흐를수록 부부의 정은 깊어진다고 한다. 실제로 예전과는 달리 산책길을 걸으면 손을 잡고 산책을 하는 중년의 부부들을 자주 보게 된다. 서로가 서로에게 사랑이라는 감정을 무한적으로 리필해주기 때문에 가능한 것이다. 바빠서라는 핑계 내지는 쑥스러워서라는 알량한 변명을 내세운다면 별 할 말은 없겠지만 그래도 평생 동반자로서의 배려는 있어야 할 듯싶다. 나만을 위해, 나의 편안함을 위해 염치불구하고 매달리는 행위는 이기주의를 넘어서는 아주 염치없는 행위인 것이다. 같이 누리고, 같이 편했다면 몰라도 일방적으로 누리기만 한 상태에서 아직도 못 벗어나 무한적인 리필만 원한다면, 리필이기보다는 강탈에 가까운 것이다.

언제부터인가 패스트푸드점에서도 음료에 대해 리필을 줄여가고 있다. 맛을 더 즐기고 싶으면 거기에 응당한 값을 지불하라는 것이다. 야속하기는 하지만 어쩔 수 없는 일이다. 어찌 보면 당연한 일인지도 모른다. 그들도 이윤을 남기는 상행위를 하는 것인데, 마셔야 얼마나 마신다고? 하는 아쉬움은 소비자의 생각일 뿐이다. 반대로 무한리필로 손해가 난다면 음식값을 올리는 등, 다른 방법으로 소비자에게 다가설 것이 분명하기 때문이다.

과유불급過猶不及이라는 말이 새삼 피부에 와 닿는 대목이다. 누구든, 뭐든, 더 주기를 원하기 전에 자신의 소유를 돌아보고 욕심을 거둬들이는 현명함을 기르는 것이 급선무인 것 같다. 사랑도 행복도 우리 곁에서 우물물처럼 끊임없이 솟아오를 것이라는 착각은 이제 지워버리고 자신의 마음을 먼저 정화시켜 작은 것에도 만족을 느끼는 행복을 스스로 무한 리필해내는 슬기가 필요한 시기인 것이다.

⁵ 떠나고, 또 걸으면 거기에 인생이

숨 쉰다. 거친 호흡으로

미지라는 낯설음보다,

어디엔가 있을 상상의 세계를 품고 내딛으면

거기에 자아를 돌아보고 추스릴 인생이 숨을 쉬고 있다.

떠나고, 또 걸으면.

숲이라는 옷을 입고

주어진 삶에 활력을 불어넣어 줄 방법을 아는 이는 무척이나 현명한 사람일 것이다. 자신을 알고 컨트롤할 수 있다면 완벽한 일이겠지만 대부분의 사람들은 그 시점이나 방법을 알지 못해 힘겨워하고, 때로는 스스로 무너져 재기에 안간힘을 쏟는 우를 범하기도 한다. 요즈음 광고를 봐도 「활력 충전」이라는 문구를 자주 보게 된다. 그만큼 현대를 살아가는 이들이 일상에 지쳐 살아가고 있다는 예가 될 것이다.

사람들은 많은 돈과 시간을 들여 운동에 시간을 보내고, 아니면 자기 취향에 맞게 쇼핑이나, 다른 여가를 찾아 자신을 다스리기에 여념이 없다. 그러나 조금만 더 시각을 달리한다면 가장 가까운 곳에서 돈과 시간과 공간이 주는 구속감에서 해방이 되는 아주 깜찍한 해결 방법을 찾을 수가 있다. 답은 바로 자연이 지어놓은 숲이라는 공간이다.

회색빛 콘크리트가 범람하는 도시에 살다 보면 숲을 가까이하기가 여간 힘이 드는게 아닐 것이다. 혹여 있다 하여도 숲이라기보다는 인공적으로 꾸민 공원 정도일 것이다. 그러나 조금만 시야를 돌려 도시 외곽을 살펴보면 여기 저기 숲이 형성된 푸른 공간이 많이 있다. 현재 살고 있는 이 도시에도 가까이 광교산이라는 아주 아름다운 산이 있다. 주중에는 물론, 주말이 되면 형형색색의 등산복을 입은 도시인들이 숲을 찾아 일주일의 피로를 풀고는 한다. 청년시절 정말 겁이 없이 백두대간을 누비며, 저 산 밑에 조그마한 도시를 비웃듯 바라본 적이 있다. 산에서 내려오면 올랐던 산 봉우리를 바라보며 '너도 조금 전에는 내 발밑에 있었다.'하며 쓸데없는 자만에 차있던 철모르던 시절이 있었다.

젊은 시절의 산행과는 달리 어느 정도의 나이가 되고 나서의 산을 바라보는 시선은 많은 차이를 보여주고 있다. 산세의 아름다움을 가슴으로 느끼는 것이 바로 달라진 점이다. 여유를 몰랐던 시절에는 그저 빨리, 높이 올라가는 게 목적이었다. 산에서 내려오면 어김없이 하산酒와 더불어 약간의 허풍이 가미된 무용담을 나누기에 급급했다. 지금은 산행의 패턴을 많이 바꿔서 그런지 나무들이 내뿜은 피톤치드를 실컷 들이키며 여유로운 산행을 선호한다. 그리고 하산을 하면 산 아래 식당에 들려 맛있게 비빈 보리밥에 아내가 먹여주는 고추 한입으로 행복을 느끼고 있다.

얼마 전 TV를 통해 우리나라 등산 패션을 꼬집는 프로를 본 적이 있다. 누구를 꼬집는다는 것보다는 그래도 자신의 행복을 추구하기 위해 투자를 하는 것이라 생각이 되어 별 동조는 안 했던 기억이 난다. 가끔 산행을 하면서 한 가지 안타까운 점은, 산을 찾는 대부분의 여성분들이 착용하는 이중, 삼

중으로 된 마스크가 거슬린다. 마치 원자로 연구원을 연상시키듯 싸맨 마스크 때문에 어느 때는 상대가 인사를 해도 모르는 해프닝도 있지만, 산이 주는 이 좋은 공기를 왜 그렇게 걸러 마시는지 하는 점이다.

산이, 숲이 주는 자연 영양제 피톤치드는 식물이 분비하는 살균 물질이라고 하는데 이 좋은 물질을 스스로 거부하는 점이 안타까운 것이다. 언제부터인가 우리는 건강이라는 단어를 입에 달고 산다. 주로 녹색 식물을 섭취하고 심리적 안정을 취한다는 웰빙족이라는 신조어를 탄생시킬 만큼 건강에 대한 심리적 불안감을 스스로 느끼며 산다. 많은 돈을 투자해 건강보조 식품에 의지하고 있는 것도 사실이다. 그러나 우리가 사는 가장 가까운 곳에 자연건강원이 있다는 사실을 까마득히 잊고 살기 때문에 더한 초조함에 자신을 몰아넣고 있는 것이다.

숲이라는 옷을 갈아입고 맑은 공기와 음이온 피톤치드로 이어지는 자신감 넘치는 건강을 찾아야 한다. 쇠약해진 심적 치료를 무한정으로 할 수 있는 최고의 자연식 건강원은 바로 산림이 주는, 숲이 주는 보너스임을 우리는 알아야 할 것이다.

인사동 자존심

예전 같지 않다는 말은 두 가지 뜻을 감추고 있는 것 같다. 그전 보다는 더 좋아졌다는 뜻에 간혹은 사용을 하겠지만, 그전보다 훨씬 못하다는 뜻이 더 강하게 내포되어 있다. 변함이 없이 살고 보존만 하고 있다면 발전이 없다는 질타가 있을 수 있다. 그러나 주어진 가치를 보존하지도 않으면서 발전에 발전만 부르짖고 실행에 옮긴다면, 우리가 지나온 옛 모습은 어디서도 찾아볼 수 없는 삭막함만이 남게 된다. 그만큼 우리 고유의 것을 쉽게 버리고, 새것에 집착하는 안일한 민족성을 깨우치는 일성一聲이 아닌가 싶다.

대단지로 계획을 세워 꾸며 놓은 곳이 아니지만, 지금은 관광의 메카로 인정을 받는 곳 중 하나가 바로 서울에 있는 인사동 거리다. 거대한 도시의 한복판을 가로질러 형성된 전통의 거리로 몇 년 전만 해도 주로 한지나 골동품 등을 팔고 있었다. 신라시대의 질그릇에서부터 조선시대 백자까지 저가와 고가의 물건들이 한데 어우러져 판매와 전시를 하는 곳이기도 하다.

옛것도 좋아하지만, 가끔 계획하는 행사에 필요한 물품을 사기 위해 인사동에 자주 들리는 편이다. 그러나 언제부터인지 점점 낯설게 변해가는 인사동 풍경에 쓸쓸한 마음을 달랠 길이 없어 걱정마저 앞선다. 요즘 인사동 거리를 지나가면 화려한 화장품 가게 앞에서 유창한 일본어를 구사하는 아르바이트생들의 호객행위를 쉽게 보게 된다. 한지 냄새를 풍기며 위풍당당하게 자리 잡았던 필방들은 하나, 둘씩 경영난으로 인해 문을 닫거나, 집세가 비교적 저렴한 2층이나 골목 안으로 밀려나고 있다. 그 자리를 기다렸다는 듯이 외국 유명 브랜드 상품점이 인사동 거리를 야금야금 점령을 하고 있다. 게다가 전통이라는 이름으로 판매되고 있는 물건의 90%가 중국에서 생산되고 있다는 통계에는 아연실색을 할 수 밖에 없다.

주말이 되면 세계 여러 나라의 사람들이 인사동을 더 많이 찾는다. 그들이 대한민국의 전통 토속품이라고 산 기념품마다 made in china라는 표시를 발견하면 그들은 어떤 표정을 지을까? 생각만 해도 낯이 붉어 온다. 한국을 방문해서 인사동을 찾는 이들의 면면을 살펴보면 젊은 친구들인데도 불구하고 대한민국에 와서 가장 토속적인 것을 구입하려 애를 쓰는 모습이 역력해 보인다. 손에는 기본적으로 한국산 맛김 몇 꾸러미를 들고 행복한 표정을 지으며 다른 토속품을 찾아 기웃거리는 그들 모습이 오히려 사랑스러워 보이기까지 한다.

외국을 방문할 때마다 내가 산 물건에 혹시라도 made in china가 붙어 있지나 않을까 하는 의심으로 이리저리 살펴보고 산적이 있다. 그러던 자신이 가장 토속적인 기념품을 판다는 인사동에 들러 우리나라를 내세울 기념품

뒤 돌아보면 | 전영구 수필

을 보는 일이 이렇게 조마조마해서야 어디 가서 자랑스럽게 나라 자랑을 하겠나 싶다. 외국여행 중 어떤 선물을 집어도 그 나라. 그 지방에서 만들어 낸 기념품만을 판매하지, 어느 기념품이든 다른 나라에서 제작했다는 표시를 찾아 볼 수가 없다는 것도 내가 느낀 부끄러움 중 하나였기 때문이었다.

인사동 입구에 들어서면 친근하게 눈길을 잡아끈 노점상들의 아기자기한 물건들을 판다. 오히려 작은 영세 점포에 팽이, 새총, 등 진짜배기 토속품을 파는 경우가 많다. 규모가 크고 고급 기념품을 진열하는 상점들도 있지만 이런 영세 상점들에게서 구입하는 재미가 제법 쏠쏠하다. 하지만 이 소규모 점포도 상거래 질서라는 명목 아래 철거라는 철퇴와 함께 사라지고 구청이 지정한 날에만 장사할 수 있다고 한다. 물론 세금 없이 장사를 하다 보면 비싼 집세와 세금을 내는 상인들의 반발은 당연하다고 본다. 무작정의 철거보다는 서로 우리 것을 지키며 상생 할 수 있는 방법이라서 그나마 위안은 된다.

전통거리라고 명명된 거리에서 외국 브랜드가 판을 치고 있는 현실을 보면 가슴이 답답해 온다. 군고구마를 먹던 입에는 어느덧 국적 모를 과자가 물려 있고, 테라스 예쁜 커피숍에서는 세련된 젊은이들이 로열티 그득 담긴 차를 마시며 전통거리를 비웃듯이 바라보고 있다. 자주 찾는 외국인을 위한 배려차원일까? 그렇다면 생각의 전환이 꼭 필요할 때다. 그들은 한국의 전통을 보고, 느끼고, 구입하려 인사동에 왔을 것이고 우리는 철저히 한국적인 것을 그들에게 자랑스럽게 내보이며 상업적인 이득을 취해야 될 것이다. 적어도 인사동에서 음료를 찾는다면 식혜를 찾아야 할 텐데도 그러기보다 요란한 상표로 치장된 냉커피를 찾는 우리네 젊은이들이 많아 눈에 띄어 안타까운 심정이 앞선다.

전통복장을 입고, 오로지 우리네 전통 물건만 취급을 했으면 하는 바람은 욕심일 것이다. 적어도 질그릇에 담긴 전통차를 마시고, 한지로 만든 부채를 들고, 양반처럼 팔자걸음은 아니더라도 관광 온 외국인에게 부끄럽지 않은 당당한 걸음을 걷고 싶은 것이다. 자주는 아니지만, 인사동에 가면 마치 주인장처럼 자리를 지키고 있는 전통찻집에 들러 우리 차를 한잔 마셔야 인사동에 다녀왔다는 나만의 잣대가 있다.

냉수를 마시고도 푸짐한 음식을 먹은 것처럼 헛기침에 이를 쑤셨다는 우리네 조상들의 체면을 생각하면 자존심마저 버린 것 같은 인사동의 변화에 씁쓸함이 더해진다. 인사동의 자존심은 그곳에서 상행위를 하는 상인들의 몫이 아니라 전통의 것을 보여줘야 하는 우리의 몫인 것이다. 적어도 인사동에 가면 세련된 실내장식을 찾아 냉커피를 마시기보다는, 허름하지만 전통찻집을 찾아 시원한 수정과를 한잔 마시는 마음가짐도 우리가 지켜야 할 작은 자존심이 아닌가 싶다. 그리고는 "우리 것이 좋은 것이여!"라는 광고카피가 왜 생겨났는지를 한 번쯤은 되새겨봐야 할 일이다.

황제 여행

엉덩이가 리듬을 타고 들썩인다. 차창은 흐릿해 보이지만, 차창 밖 풍경은 잘 짜인 틀에 색을 입힌 것처럼 온통 초록으로 정갈해 보인다. 간혹 멈춰진 화면에 영상을 삽입한 것처럼 보이는 허리 숙인 농부의 슬로비디오 같은 동작이 빠른 화면 이동으로 아쉬움을 전해준다. 상쾌한 멜로디보다, 서라운드 시스템으로 들려오는 기차와 레일의 마찰음이 정겹게 들려온다. 출근하는 회사원들과 등교를 하는 학생들이 대부분인 객차 안은 마치 단체 합숙소인양, 여기저기서 코 고는 소리와 나즈막이 속삭이는 소리가 뒤엉켜 들린다. 더러는 지쳐 잠이 든 모습이 안쓰럽기까지 하다. 저들에게 여행 가방을 챙겨 든 내 모습이 팔자 좋은 이방인처럼 보일까 두렵다는 내게 동행한 친구가 빙그레 웃는다.

어린 시절 유일한 교통수단으로 타고 다녔던 장항선 완행열차, 추억이 깃든 그 열차에 몸을 실었다. 실로 30여 년 만이다. 스포츠머리에 검은색 교복을 입고 타던 이들이 이마에는 주름이 짙게 잡히고, 벗겨진 머리는 임시방편으로 모자를 눌러 쓰고, 오십이 되어 추억의 열차에 올랐다. 이런저런 얘기로 첫 열차 여행에 들떠 있는데 어느덧 열차는 정든 고향을 지나고 있다. 원래 고향 역은 신창이라는 작고 조용한 면 소재지에 있었는데, 조금 떨어진 지역에 대학이 들어서는 바람에 경제의 중심이나 발전의 속도가 빨라진 까닭에 역까지 옮겨가는 수모 아닌, 수모를 겪은 고향 땅이 되어 버렸다. 카메라를 꺼내 연신 셔터를 누른다. 여행에서 돌아와 고향 풍경으로 카페를 꾸밀 생각에 마음이 진정되지 않는다. 친구는 이런 나를 물끄러미 바라보며 형 같은 미소를 짓고 있다.

군산역, 이 완행열차의 종착역이다. 예전에는 장항역에서 내려 배를 타고 군산으로 건너갔는데, 지금은 다리까지 놓여 차량으로 이동이 가능해져 편리함이 더 해졌다. 편리해졌다는 것은 그만큼 낭만적인 풍경이 사라졌음을 뜻하기도 한다. 간혹 찾는 여행객들에게는 금강을 건너던 작은 여객선을 타는 기쁨이 없어져 더 아쉬운 것이 사실이다. 어린 시절 군산에 외사촌 형님이 살고 계셔서 몇 번 다녀온 적이 있는데, 친구는 내가 초행인줄 알고 이것저것 열심히 설명을 하고 있었다. 여객 터미널에서 목적지인 선유도 가는 배를 탈 티켓을 끊고 항구를 바라보니 비릿한 내음도 정겨워지기 시작했다.

시원한 바닷바람을 맞으며, 갈매기 모이를 던져주고 감상에 젖어 바닷길을 가리라던 상상은 선유도 가는 배에 승선을 하자마자 산산조각이 났다. 오전인데도 술에 취한 중, 노년의 일행들이 갑판을 점령하고 일행들에게 연신 술을 권하며 주위 사람은 아랑곳없이 떠들어대기 시작했다. 여객선을 타야 하는데 친구의 착오로 유람선을 탄 것이다. 지하 칸과 1층, 2층으로 꾸며진 유람선의 지하층은 각설이 복장을 한 밴드 팀이 연주하는 일명 키바레 음악이 고막이 터져 나갈듯한 소음이 쉬지도 않고 울려 대고 있었다.

친구가 여행을 제안했을 때는 적잖이 당황을 했었다. 어려서부터 친하기는 했지만, 각자의 삶에서 살다 가끔씩 전화로만 안부를 전하던 친구가, 그것도 나이 오십이 되어 홀아비들도 아닌데, 둘만의 여행을 가자고 하니 말이다. 그것도 주중에나 시간이 난다는 말에 어지간히 여행을 가고 싶은가? 해서 선뜻 따라 나선 참이었다. 처음에는 약간 어색하기도 했지만, 워낙 정이 많은 친구라 편한 동행이 되고 있었다. 귀는 시끄러웠어도 눈은 시원한 경치에 반해 한껏 들떠있었고, 아까의 불편함은 어디로 가고 셔터 누르기에 여념이 없었다. 세뇌의 무서움인가? 한 시간이 넘도록 끊이지 않는 밴드 소리에 익숙해져 버린 몸은 어느덧 리듬에 맞춰 들썩이고 있었다.

섬은 괜한 들뜸을 건네 온다. 그들이 기다린 것도, 꼭 온다는 약속을 한 것도 아닌데 섬은 늘 그 자리에 있기에 그런가 싶다. 책자에 소개된 것보다는 소박해 보였지만 한 번쯤은 꼭 오고 싶었던 선유도에 도착을 했다. 피서객이 빠져나간 계절의 바닷가는 인적이 없어 썰렁하지만 한편으로 깨끗해 보여 좋았다. 서둘러 늦은 점심을 먹고 뒷산에 올랐다. 선유봉이라 불리는 산은 높지는 않지만 경관이 뛰어나, 친구와 기차에서 나눈 조금은 답답한 삶의 이야기가 어느새 바닷바람에 실려 날아가는 느낌이 들어 좋았다.

산길을 올라 정상에서 바라본 바다는 넓은 가슴으로 포옹해 주는 착각을 느끼게 했다. 여기저기 점처럼 찍힌 이름 모를 섬들이 멀리서 존재를 알린다. 간혹 지나가는 고기잡이배는 반가운 손짓은 아랑곳없이 갈 길을 재촉하고 있었다. 섬 정상은 여러 그림을 선물하고 있었다. 오기를 잘했다는 자체 평가를 내리고 가파른 정상의 바위를 뒤로하여 기념사진을 찍는데 왠지 불룩하게 나온 친구의 배가 오히려 안정되어 보여 웃음이 났다. 서로의 외모를 놀리는 재미도 여유에서 나오는 표현이겠지만 다시 현실로 돌아가면 삶과 싸워야 하는 여정이 나이가 들수록 두렵기까지 한 것도 사실이다.

텅 빈 해수욕장, 텅 빈 바닷길, 바라만 보고 호객조차 하지 않는 섬 상인들의 표정이 묘한 기분에 사로잡히게 한다. "지금 우리가 하는 게 황제 여행이야."라는 친구의 말에 웃음이 난다. 섬 전체를 전세 낸 것처럼 고즈넉한 분위기에 친구와 나는 누구의 눈치를 보지 않고 모처럼 큰소리로 웃어 본다. 서너 시간 섬 관광을 마치고 돌아갈 배에 몸을 실으니 하루라는 여정의 이야기가 뱃머리를 따르는 포말에 섞여 사라지고 있었다. 다시 힘겹게 받아들여야 하는 현실의 몫을 미리 비워 주듯이 말이다.

강릉을 떠올리면

누구나 한번쯤은 어디론가 훌쩍 떠나고 싶은 생각이 들 때가 있다. 삶에 대한 힘겨움이 밀려오면 모든 것을 접어두고, 여행이라는 거창한 타이틀보다는 현실에서 잠시 비켜서서 자신을 돌아보고, 몸과 마음을 재충전해 다시 일상으로의 평안한 복귀를 꿈꾸고 있다. 지친 자신을 맡겨 심신을 어루만져줄 곳을 찾다 보면 떠오르는 곳이 그리 많지는 않다. 왠지 아무도 모르는 곳, 아니면 내 고향처럼 편함을 느낄 수 있는 곳을 찾기 마련인데 언제부터인가 연고지도 아니고, 아는 지인이 많은 곳도 아닌 강릉을 찾게 되었다. 강릉 하면 막연하게 바다가 있고, 孝를 상징하는 여러 유적들을 떠올리게 된다.

몇 해 전 문학세미나가 있어 강릉을 찾게 되었다. 그곳에서 받은 융숭한 대접 때문인지 아무튼 왠지 모를 편안함에 행사를 성공리에 마치고 돌아온 기억이 남아있다. 그 후 여행이 하고 싶을 때나, 생활이 지치면 직접은 가지 못하더라도 강릉을 떠올리며 대리 휴식을 취하고는 했다.

근무하던 회사에서 1박 2일 여정의 야유회를 떠나기 위해 여행지를 물색

하고 있었는데 나는 무엇인지 모를 자신감에 강릉을 권했다. 자신에 찬 나의 모습에 팀원들은 기대에 차서 강릉행을 결정하고 20여 명이 여행을 하게 되었다. 그러나 처음 자신에 찬 권유와는 달리, 출발을 하자 점점 머릿속이 찹찹했다. '왜 그랬을까? 그냥 묻어가지. 만약에 다들 가서 실망하면 어떡하지?'하며, 내내 편치 않은 얼굴이 되어 있는데 동승한 여직원들은 연신 강릉에 대한 궁금한 점을 물어왔다. "아니 이 사람들이 그 나이 먹도록 강릉도 한 번 못 가봤나? 왜들 그래?"하며 일단 가보면 끝내준다며 큰소리는 쳤다. 20여 명의 여행을 책임져야 하는 나는 그야말로 가슴이 타들어 가고 있었다.

드디어 강릉! 일단은 300년 역사를 자랑하는 국가지정 민속 문화재 5호 선교장으로 안내를 했다. 드라마 「황진이」, 영화 「식객」 등 일반인에게도 많이 소개가 된 조선 사대부가의 한옥집이다. 입구에 들어서면 수 십 평의 연못 위에 지어진 선비들이 풍류를 즐기던 활래정이라는 정자를 돌아봤다. 예전에는 경포호수를 가로질러 배로 다리를 만들어 건넜다 하여 선교장船橋裝이라 명명되었다는 말에는 모두들 의심을 하는 듯했지만 "그것뿐이 아니라 선교장은 고택의 의미를 넘어 「용비어천가」, 「고려사」등 귀중본과 고서적을 많이 소장하고 있지" "그리고 이 선교장은 개인 소유의 국가 문화재란 말씀이지. 어때 올 만하지?"라고 하자 모두들 박수를 치며 신기해했다. 장소를 옮겨 오죽헌烏竹軒에 들러 사임당과 율곡이이에 대해, 지난밤 눈을 비벼가며 수집한 정보를 풀어내니 모두들 놀라워했다. 검은 대나무의 기개를 새기기 위해 오죽헌烏竹軒이라 불려졌으며, 보물 제165호로 지정되었다 하며 가지고 있는 지식을 다 털어놓았다. 그제야 강릉을 고집한 이유를 알겠다며 오히려 나에게 고맙다는 말을 건네 오고 있었다.

저녁이 되어 도시인들의 로망인 바닷가를 낀 숙소에 짐을 풀었다. 모두들 아이들처럼 해맑은 얼굴을 하고 다음 일정을 기대하는 눈치였다. 여행이 주는 강점은 쉽게 분위기에 동요되고 집을 떠난 홀가분함에 모두 들뜨기 마련이기 때문에 약간의 재미만 있어도 분위기는 급상승하게 되어 있다. 그런 점을 착안해, 바로 바다로 나가 각종 게임과 짓궂은 벌칙과 벌주가 오가자 어느새 직장생활에서 쌓인 마음의 벽을 무너뜨리고 있었다.

다음 날 아침, 모두들 전날 과음으로 인한 쓰린 속을 달래기 위해 바닷가 옆에 자리 잡은 해장국집을 찾아갔다. 모두들 내가 추천하는 음식을 먹겠다고 해서 전에 한번 맛있게 먹은 해장국을 시켜주었다. 그 맛과 주인장의 유머스러운 너스레에 즐거워하며 모두들 만족한 웃음을 짓고 있었다. 그 후 일상에 복귀했는데도 한동안은 강릉에서의 즐거움을 잊지 못하는지 여기저기 강릉에 대해 물어 올 때마다 마치 내가 강릉의 홍보대사라도 된 양, 열심히 답을 해주느라 고생 아닌 고생도 했지만 참으로 유쾌한 추억이었다.

몇 해가 지나 행사 관계 준비로 다시 찾은 강릉은 많이도 변해 있었다. 일단은 거리의 모습이 내가 좋아하는 소나무로 가로수를 식수해 놓은 점이 마음에 들었다. '역시 강릉은 뭔가 나랑 궁합이 맞단 말이야.' 속으로 기뻐하며, 모처럼 휴일을 맞아 동행한 아내에게 진짜 강릉의 멋과 맛을 보여주겠노라 큰소리를 쳤다. 그리고 준비한 일정을 모두 마치고, 몇 유적지를 보여주고, 기억을 더듬어 그 해장국집을 찾았다. 몇 해가 지났어도 그 맛, 그 주인장 그대로, 그 자리를 지키고 있었다. 맛이 어떠냐는 나의 자신 있는 눈빛에 아내는 너무 맛있다는 표정이었다. 괜한 뿌듯함에 나도 미소를 지으며 어깨를 활짝 폈다. 강릉이라는 도시만 떠올리면 피어오르는 이 자신감은 어디서 생기는 걸까하며 혼자 피식 웃어넘겼다.

　나에게 강릉이 주는 의미는 무엇일까? 슬며시 웃음을 짓게 하는 곳, 고향 같은 쉼을 주는 곳, 누군가 덥석 내 손을 잡아 줄 것만 같은 친근감이 드는 곳, 그곳이 강릉이다. 바닷가를 거닐며, 어린 시절 조그마한 갯벌에서 물장구치던 시간이 생각나 소리를 치며 내달리자 멀리서 아내가 활짝 웃었다. 소소한 기쁨이 가득한 강릉, 내가 사는 도시에서 3시간은 족히 달려야 도착하는 그곳에 내 마음이 자주 머문다. 그리고 가깝게 머물 수 있다는 여유가 나를 참 행복하게 하는구나 싶다. 오늘도 마음만은 강릉을 향해 달려가는 나를 그려본다. 삶의 무게를 훌훌 털어낼 수 있을 만큼 식지 않는 강릉 사랑을 홀로라도 즐기고 싶은 욕심을 가득안고 말이다.

여수 훔쳐보기

오색불빛 머금은 물결이 너울너울 다가와 한낮 폭염에 찌든 살갗을 간 지른다. 온종일 따가운 햇살을 내세워 온몸을 거칠게 쏘아대더니 전리품처럼 흐르는 땀이라는 노폐물들을 강제로 방출시키던 무례를 바닷바람이 한꺼번에 수거해준다. 숙소의 창문을 열고 회색빛 내륙에서는 맛볼 수 없는 비릿한 내음을 폐부 깊숙이 들이킨다. 쉴 새 없이 쏟아내는 잔물결들의 속삭임에도 귀를 기울인다. 혹시라도 항구를 처음 대하는 불청객이라고 흉이라도 볼까 두려운 건 아니지만 낯선 도시에서의 밤은 긴장감과 흥분을 동시에 주기에 충분하다. 이렇게 밤바다의 풍경은 편한 친구와 나누는 눈빛처럼 그윽함으로 다가와 이런저런 연유에서 머물게 된 작은 미항의 매력을 잊지 못해 다시 여수라는 도시를 슬며시 훔쳐보게 된다.

누구나 여수에 오면 여수의 상징인 돌산대교를 만나게 된다. 축의 중심처럼 도시의 한가운데에 웅장하게 서 있는 돌산대교는 여수 어느 곳을 가든지 반드시 한 두 번은 지나치게 된다. 돌산대교의 낮과 밤의 풍경은 혼기를 앞

둔 처녀의 얼굴과 같다. 조신하고 풋풋한 본연의 모습을 내세운 낮과는 달리 밤이 되어 누구의 눈빛이라도 의식하게 되면 고운 분단장을 마다치 않은 대범함으로 보는 이들의 입에서 잔잔한 탄성을 자아내게 만드니 말이다. 밤바다를 백댄서 삼아 여행객을 홀리듯, 너울대는 돌산대교의 춤사위는 생선회와 소주라는 뗄 수 없는 완벽한 합궁을 찾게 된다. 흥분된 기분을 애써 가라앉히고도 한참을 지나야 대단원의 공연을 마치고 아쉬움에 자리를 털게 하는 매력의 소유자가 바로 돌산대교다.

이른 아침 창가로 빼꼼히 햇살이 비쳐오면 어젯밤의 묵인을 시위라도 하듯이 힘차게 귀를 간질이는 뱃고동 소리가 단잠을 깨우게 된다. 이제 여행객의 발길은 분주해진다. 서둘러 시장에 들러 게장백반 다음으로 유명한 얼큰한 장어탕으로 위를 다스린다. 구이가 아닌 탕이라서 비릿할 것이라는 선입관이 있었는데 먹고 나니 무척이나 얼큰하고 특히 숙취 해소에는 일품이었다. 입맛을 다시며 돌산 공원에 오르면 전날 밤의 공연에 동원된 대규모의 오케스트라 단원들이 한눈에 들어온다. 분주히 오가는 차량들의 경적 소리, 여유롭게 대교 밑을 오가는 크고 작은 어선들이 물살을 가르며 남기는 포말이 만들어 낸 하얀 바닷길, 그 가운데 늠름하게 위용을 자랑하는 돌산대교는 왜 여수가 자랑할 만한 명소 중 제일 으뜸으로 치는지를 알 것 같았다.

걸음은 다시 바다 한가운데 바가지를 엎어놓은 듯한, 형상의 오동도에 발길을 내딛는다. 긴 방파제를 따라 걷다 보면 어느새 구름도 따라나서 그늘을 만들어 주고, 바닷바람이 그리 시원하지는 않아도 눈앞에 펼쳐지는 풍경만은 에어컨 바람보다 시원함을 안긴다. 동백꽃 철이 아니라서 색감은 떨어지지만, 녹색이 빚어내는 싱그러움 또한 여행자의 기분을 상승시켜 준다.

어스름 일몰이 밀려올 때쯤, 바닷길을 곁에 끼고 시골길을 달리는 향일암 가는 길이 또 다른 여행의 맛을 선사한다. 산 귀퉁이마다 자리 잡은 작은 항구들은 도시에서의 인위적인 화려함과는 거리가 먼 그저 소박하게 둘러앉아 담소를 나누는 이웃 같은 포근함으로 복잡함으로 찌든 눈을 정화 시켜 주기에 충분하다. 가두리 곁을 분주히 오가는 통통배들이 내뿜는 연기마저도 싱그러워 보이는 작은 항구들. 자생적으로 빚어진 한 폭의 묵화가 아닐까 싶을 정도로 단색의 매력이 넘친다.

향일암에서의 일출 또한 기억에 스크랩 될 장관이다. 바다라는 거대한 캠퍼스를 거부하고 구름이라는 극함을 끌어들여 그 사이로 펼치는 일출의 기지개는 하늘이라는 화가가 심혈을 기울여 파노라마로 펼쳐내는 불멸의 명작인 것이다. 어느 한 색이라고 단정을 지기에는 모자란 색채의 향연. 어둠과 빛이 어우러지는 형용할 수 없는 매직의 세계와 부은 눈을 단박에 동그랗게 만드는 신비는 이른 새벽 곤한 잠을 바치고서야 얻을 수 있는 기다림이 준 선물이다. 그리고 향일암이 주는 또 하나의 선물은 하산 길에 맛보기로 무한 리필 되는 갓 김치를 맛볼 수 있다는 것이다. 오고 가는 정이라 했는지 아직은 인심이라는 게 푸짐해 상인 아주머니들의 이끌림에 맛을 본 대부분의 사람들은 손에 한 꾸러미씩 갓 김치를 구입해서 하산을 하는 아름다운 풍경을 연출한다.

여행에서 빼놓을 수 없는 것이 바로 먹거리다. 여수의 대표적인 맛은 게장에서 시작되어, 서대회, 장어탕 등이 많이 알려져 있다. 그러나 소문보다 맛을 이야기하면 삼치회를 꼽고 싶다. 일반적으로 우리나라 사람들이 즐기는 活魚회가 아닌 鮮魚회인데 그 감칠맛은 뭐라 표현하기가 힘에 겨울 정도다. 다만 기본적인 표현으로는 입안에서 녹는다, 정도면 될 듯싶지만 그마저도 아쉽다. 혀를 감싸는 육질을 미처 느끼기도 전에 목구멍으로 힘차게 밀어 넣는 소주의 심술이 더하면 여행객의 피로는 벌게진 얼굴 빛깔에 묻혀 사라진다.

2박 3일에 걸친 여수 여행은 깊이보다는 겉핥기에 가깝다 싶을 정도로 빠듯한 일정이었지만 첫 대면에서 풍기는 코를 자극하는 바다 내음에서 부터 많은 볼거리와 먹을거리를 아낌없이 내어주는 작지만, 통이 큰 항구도시라는 느낌이다. 돌산대교의 높이만큼이나 그간 쌓아 온 추억이 비집고 들어앉아 있는 여수. 사투리에서 오는 투박함을 이해하기까지는 조금 더 시간이 필요했지만, 그 무뚝뚝함 속에서 슬며시 내미는 맛의 향연으로 인해 모두를 희석시키기에 충분한 아주 묘한 매력을 지닌 도시였다. 여행자의 눈에 비친 미항 여수는 미각 여수로 불리어도 손색이 없을 정도로 볼거리, 먹을거리가 넘치고, 여기에 삶의 활력이 넘치는 도시로 내 마음속에 각인되어 있기에 충분했다.

하늘 숲을 걷다

한여름 내리쬐는 태양의 공격을 슬기롭게 피할 방법이 있는가? 더위를 피해 산으로, 바다로, 저마다의 취향에 맞는 피서지를 택하는 일도 그리 쉬운 선택은 아니다. 혼자가 아닌 가족이나, 일행이 동반했을 경우 더욱 더 계획에 만전을 기해야 모두 다 즐거운 피서 길이 되기 때문이다. 피부가 약한 나는 물가를 좋아하지 않는다. 잠시 더위를 피하기에는 물이 시원하고 좋지만, 물에 역광 된 자외선으로 인해 밤이 오면 가려움과 싸워야 하고, 일상으로 돌아오면 피부가 벗겨지는 흉측함과 실랑이하는 것이 싫어 물가와 한여름은 되도록 피하는 편이다.

올여름도 어김없이 더위는 기승을 부리고 가족들은 나의 선택을 기다리며 눈치를 준다. 어디로든 다른 가족들처럼 잠시 도시를 떠나야 하겠지만 시기를 저울질하다가 무더위를 피해 9월 초에 떠나기로 했다. 장소 섭외는 친구에게 도움을 청하니 한 인터넷 사이트를 안내해 준다. 이름 하여 『하늘 숲 걷기 축제』 강원도 정선 일원에서 축제 형식으로 계획된 숲길 걷기는 국내 유수의 리조트 회사가 주최하고 산림청이 후원하여 해발 1,300M를 가로지르는 이른바 둘레길을 걷는 행사였다. 참여비도 저렴한데다가 고급 호텔 숙박을 70%나 할인을 해준다고 하니 一石二鳥의 효과를 볼 수가 있어 참여를 신청했다.

출발일, 길은 막히지만 역시 여행은 강원도 아닌가 하는 위안을 삼으며 강원도 정선에 도착, 간단한 기념품과 간식을 수령하고 식전 행사가 벌어지는 광장으로 가니 유명 개그맨이 사회를 보고 산림청장까지 인사를 하는 꽤 규모가 커 보이는 행사였다. 주최 측이 준비한 난타 공연과 태권도 시범을 보고는 바로 출발 신호와 함께 3,000여 명이 숲길을 걷기 시작했다. 9.4km 산길을 가족이나, 연인끼리 손에, 손잡고, 어떤 이는 아이를 목마 태우고 가는 모습은 흡사 전쟁터 피난민 행렬을 보는 듯했다.

비가 오고 며칠이 지나지 않아서 그런지 산길은 물구덩이로 변해있었고, 배려를 한다고 깔아놓은 나뭇잎들로 인해 질퍽거림이 배가가 되었지만 다들 즐거운 얼굴을 하고 있었다. 나무와 숲보다는 앞사람의 몸이 더 잘 보이는 시간이 지나고, 서서히 행렬이 퍼져 걸음의 여유를 찾을 때쯤, 첫 번째 휴식터가 나타났는데 다름 아닌 폐광 자연정화시설 터였다. 지금은 폐광이 된 터에서 흐르는 갱내 수에 포함된 금속성분을 제거시키는 정화조 역할을 하는 곳이었다. 생각했던 거와는 달리 맑은 물이 저장되어 있었다. 가족 참여자를 고려해서 교육적인 부분이 가미된 코스를 선정했는지 모르지만, 뜻밖의 코스에 아이와 함께한 가장들은 이것저것 가르치며 설명을 하기에 여념이 없었다.

시간이 지날수록 숲길 걷기 참가자들의 입에서는 거친 호흡만 늘뿐, 점점 대화가 줄어들고 있었다. 걱정스러운 마음에 아내를 힐끗 쳐다보니 피곤한 기색이 역력했다. 가져간 식수가 바닥을 드러내자 탄광갱도 지반 침하로 생긴 생태연못「도롱이 연못」이 모습을 드러냈다. 탄광이 성수기를 이루던 시절, 이 지역 아내들은 탄광으로 일을 나간 남편의 무사귀환을 도롱이에게 빌었는데 그 이유는 연못에 도롱이가 아무 탈 없이 노닐면 탄광 붕괴의 염려가 없었기 때문이었다는 유래가 전해지는 연못이었다. 도롱이는 보지 못했지만, 그 시절 절박했던 아내들의 마음이 담긴 연못이라서 그런지 괜히 풍경이 아름답고도 짠해 보였다. 식수가 보급되고 있는 사이, 숲 속에서는 관악 5중주의 음악회가 펼쳐졌다. 경쾌한 리듬의 음악을 듣고, 귀를 정화시키니 쌓였던 피로는 절로 사라지고 말았다.

산행은 점점 정상을 향해 가고, 그만큼 발에 미치는 피로가 극에 달하자 환청처럼 풍경소리가 멀리서 들려왔다. 「풍경 소리 길」이라 이름 붙여진 길에는 흙을 빚어 만든 도자기 풍경을 나무에 주렁주렁 달아, 바람이 스치면 자기들끼리 부딪치며 맑고 깨끗한 소리를 연출하고 있었다. 풍경하나 몰래 가져갈까?하는 내 눈짓에 아내는 나를 살짝 꼬집으며 눈 흘김을 보낸다. 설마 내가 그 정도 인격의 소유자일 리가 있나?하는 눈짓 물음에는 까르르하며 건강한 웃음을 짓는다. 일행들과 앞서거니, 뒤서거니 하는 동안 정상에 도착을 하니, 이제껏 자연에 정화된 눈을 거스르게 하는 골프장이 눈살 찌푸리도록 정교하게 펼쳐져 있다. 곤돌라를 타기 위해 골프장이 낀 리조트 안으로 들어갔다. 화사한 골프복을 입은 남녀들이 우리들을 쳐다 본 다. 4시간 넘게 산길을 헤맨 꾀죄죄한 우리가 아마도 그들 눈에는 낯선 모습이었을 것이다. 실로 소박하게 흘린 땀과 돈을 앞세운 땀의 가치는 서로 느낌이 다르겠지만 건강한 정신으로 무장한 우리의 당당함에 저들은 무슨 생각을 할까? 싶었다.

하산 길, 곤돌라 아래에 펼쳐진 자연경관은 넋을 잃기에 충분했다. 화려강산이라는 표현이 어울리는 우리나라의 자연경관은 어디에 내놔도 손색이 없을 정도였다. 짧은 하루였지만 푸름이 지배하는 자연에 몸과 마음을 푹 담그고 숙소에 돌아와 여장을 푸니, 삶의 행복이 이런 거였나? 하는 묘한 기분에 기분 좋게 들이켜는 맥주 한 잔마저도 새삼 고마웠다. 하늘 숲을 아내와 걷고, 그 하늘 아래 누우니 세상 부러운 것이 없었다.

뒤 돌아보면 | 전영구 수필

갈 수 없는 시간으로의 여행

흔히들 하는 표현으로 세월은 유수와 같다느니, 가는 세월은 잡을 수가 없다고들 한다. 시간의 흐름에 아쉬움을 나타내는 말이기도 하다. 오랜 시간이 흘러, 그 시절 삶의 흐름은 볼 수가 없다 해도 그 삶이 남긴 흔적은 유산이라는 이름으로 고이 간직할 수가 있다. 몸은 현시대에 살아도 정신만은 지난 시절을 체험할 수 있는 고귀함이 있다. 쉽사리 가치를 따질 수는 없지만, 머릿속이나 가슴속에 그려지는, 멀고도 먼 시절을 삶과 그 흔적들을 뒤돌아본다는 경이로움은 부지런히 발품을 팔아야 가능한 일이다. 국토 곳곳에 잘 보관되어 있는 수많은 유적들 가운데서도 신라시대의 유적이 살아 숨 쉬는 곳을 둘러보기로 했다. 유네스코 지정 세계문화유산이라는 세계가 인정하는 유적이 많이 등재되어 있는 경주로의 여행은 어린 시절 다녀온 수학여행의 복습으로 여기며 발길을 옮기게 했다.

경주하면 맨 처음 떠오르는 유적은 불국사, 석굴암이 대표적일 것이다. 대한불교 조계종으로 한국불교를 대표하는 사찰이기도 한 불국사는 1995년도에 유네스코에 등재된 세계적인 문화유산이기도 하다. 웅대하게 자리 잡은 돌탑에 자랑스럽게 새겨진 세계유산 불국사를 배경으로 인증샷을 찍고 들어서면 청운교, 백운교가 모습을 드러낸다. 45도의 각도로 각 16단, 18단으로 만들어진 계단은 웅장함과 안정감을 보여준다.

짧은 언덕을 낀 숲길을 지나면 10원짜리 동전의 모델인 다보탑이 외로이 사찰 마당을 지키고 있었다. 단짝이던 석가탑은 1300여 년 만에 부처님의 진신사리가 발견되어 연구의 목적인지는 몰라도 유리 벽 안에 모셔져 있었다. 천년이 넘게 비바람을 이겨내던 석탑이 유리 벽 안에 갇혀있는걸 보니 왠지 모르게 안쓰럽기까지 했다. 경내를 한 바퀴 돌아보니 간간이 들리던 풍경소리마저 카메라 셔터 소리와 다국적인 언어들에 묻혀 희미하게 들리지만 이런 유산의 주인이라는 자부심에 흐뭇함을 느낄 수 있었다. 다시 돌아봐도 거친 돌을 다듬어 정교한 탑을 세우던 선조들의 석공예술의 경지에 새삼 존경스러움이 느껴졌다. 지금은 보기조차 힘든 동전 속 다보탑을 눈앞에서 본다는 신기함은 더위 속 여행의 단조로움을 없애기에 충분했다.

고즈넉한 산사 경내에서 들려오는 아이들의 웃음소리가 정겹다. 보일 듯, 말듯 희미하게 그려지는 먼 바다에서 불어오는 바람에 흩날리는 나뭇잎들의 속삭임이 들린다. 즐거운 걸음이 멈춰진 곳은 바로 석굴암이다. 기억에도 가물가물하던 시절, 혼자서 일출을 보려고 담요를 뒤집어쓰고 토함산을 올랐었다. 그곳에서 맞이한 일출에 젊음의 포효로 환호하던 시절이 엊그제 같은데 어느새 중년이라는 이름으로 이곳에 서 있음이 새로웠다. 숨소리조차 가

늘게 쉬며, 조용히 목소리를 낮추게 하는 부처님의 위엄은 여전했다. 긴 세월, 굴속에 갇혀 있는 불편함도 무색하게, 언제 봐도 온화한 미소를 지닌 부처님의 미소는 천의 얼굴을 지닌 배우라도 흉내 낼 수 없는 명작이 아닌가 싶다. 함께 관람하던 외국인들의 입에서 경이롭다는 짧은 단어가 들려온다. 밖으로 나와 탁 트인 산자락을 바라보며 긴 숨을 들이마시니 뭔지 모를 뿌듯함이 폐부 깊숙이 파고들었다.

몽환적인 색상을 띄는 야경은 사진을 찍는 취미를 가진 사람이라면 대부분 렌즈에 담아 보는 아주 익숙한 풍경이다. 그중, 안압지의 야경은 손으로 꼽을 만큼의 아름다운 경치를 자랑한다. 멀리서 볼 때, 조명이 연출하는 화려한 멋도 멋이지만 가까이 다가서면 눈앞에 펼쳐지는 단청의 오묘한 색감을 감상하는 것도 또 다른 맛이다. 나무와 나무의 이음만으로 이루어진 신라 건축예술의 신비함을 바라보는 것도 유적을 찾는 묘미이기도 하다. 선조들이 펼친 치밀하고도 과학적인 건축 기술에는 입이 벌어지기에 충분하다.

신라의 마지막 왕인 경순왕이 고려 태조를 맞이하여 연회를 베풀었다는 안압지는 어쩌면 신라의 아름다운 유적과 역사 뒤에 숨겨진 슬픔이 깃든 곳이기도 하다. 사진으로만 보았던 안압지 야경을 실제로 확인하는 기분은 뭐라 표현하기가 힘들었다. 소소한 흥분을 가라앉히며 발길을 돌려 재촉한 곳은 안압지 주위를 둘러싼 연꽃단지였다. 주로 낮에 보던 화사한 연꽃의 자태는 익숙하지만, 어스름 어둠에서 수줍게 미소 짓는 매력은 자주 볼 수 없는 색 다른 멋이어서 여행자가 느낀 하루의 피로를 말끔히 씻어 주었다.

숙소로 가는 길, 경주 빵이라는 간판이 즐비한 거리를 걷다가 비교적 깨끗해 보이는 가게에 들어서니, 김이 모락모락 나는 따뜻한 경주 빵이 모습을 드러내고 있었다. 당뇨를 앓고 계신 장모님께는 달지 않은 보리빵을 사고, 몇몇 지인들에게 줄 경주 빵을 구입하면서 더러 이름이 다른 간판을 내건 다른 가게들에 대해서 주인장에게 물었다. 경주 빵은 팥이 맛을 좌우하는데 중국산 팥을 사용하면서도 버젓이 경주 빵 이름을 내세우거나 다른 이름으로 경주 빵의 명성에 흠집을 내고 있다며, 이곳은 국내산 팥을 쓰고 있으니 안심하라고 했다. 어찌 보면 전통 먹을거리도 음식문화유산 중의 하나인데 우리 것을 지킨다는 자부심이 보인 주인장의 얼굴이 자랑스러워 보였다.

둘째 날 여행지로 선택한 양동마을은 내게는 생소한 곳이었다. 이곳 또한 유네스코 지정 세계문화 유산으로 등재된 곳이기도 하다. 경주 손씨와 여강 이씨가 집성촌을 이루던 곳으로 500여 년의 전통을 자랑한다. 도시를 떠나 한적한 시골을 찾은 여유로움을 주기에 충분한 마을이었다. 더위에 찌든 가슴을 녹여줄 시원한 식혜를 구입해 한 모금 마시고 마을을 한 바퀴 돌아보니 실제로 그곳에서 살림을 하는 집이 많았다. 주말이라 문이 닫혀있는 곳도 많았지만 한 달 전 들른 안동의 하회마을과 흡사한 전통고택들의 위용에 카메라 셔터가 자동으로 눌러지고 있었다. 외세침략의 역사가 잦았던 우리나라 민족의 역사 여정에서도 500여 년간 전통가옥을 유지하고, 지켜 온 경주 손씨와 여강 이씨의 자손들에게 새삼 경의의 뜻을 전하고 싶어졌다.

역사와 전통을 지킨다는 것이 쉬운 일은 아닐 것이다. 한 예로, 일정 중에 전통 공예촌에 들렀는데 고유의 도자기를 만들고 전시하는 공간보다는 현대의 미가 담긴 은 세공공방에 눈길이 가고, 구입을 문의하는 나를 발견하고는 자조 섞인 웃음을 지은 쓸쓸한 기억이 있기 때문이다. 이번 여행으로 느낀 점은 유적지를 여행한다는 것은 우선 마음의 다짐이 있어야 한다는 생각이 들었다. 여행 중에 치르는 여행경비 가치에 비례하여 그 이상의 소득을 현지에서 얻고 가려는 마음을 먼저 없애야 한다. 아무 때나 들러도 감상할 수 있게 그곳을 지켜왔고, 또 변함없이 지켜가려는 사람들에게 대한 감사하는 마음을 먼저 가져야 한다. 물론, 지역마다 다른 사투리나 억양으로 인한 오해와 여러 가지 표현 방식이 달라 종종 미간이 찌푸려지기도 했다. 여행에서 돌아와 지난 시간을 돌아보니 괜한 것에 집착하고 서운해 했다는 속 좁음이 창피하기까지 했다.

짧은 시간 동안 들러 본 경주는 시민들이 사는 주택마저도 기와지붕을 얹진 고유의 한옥이 즐비했다. 전통의 멋을 알고, 또 알리려는 노력이 보이는 슬기로운 도시라는 느낌이 들었다. 간혹 보이는 아파트가 기형처럼 보일 정도로 1박 2일 동안 신라 유적에 흠뻑 빠졌다고 해도 과언은 아니다.

역사는 흐르고, 또 흐른다. 지금 우리들이 살고 있는 이 시간, 사용하는 물건들이 후대에 가면 우리 후손들에게 훌륭한 유산이 될 수도 있을 것이다. 뭐든 소중히 다뤄서 나쁠 것은 없다, 라는 생각이 드는 건, 여행이 나에게 안긴, 성숙한 안목이라는 작은 선물이었다. 깨끗한 숙소에서 일어나 시원한 물로 샤워를 하는 개운함은 여행자들이 즐기는 또 하나의 여행 과정이다. 여행지 고유의 음식을 먹고, 때로는 그곳 사람들과 나누는 대화도 여행이 주는 소소한 즐거움이기 때문이다. 그런 즐거움을 느낄 수 있고, 느끼게 해준 경주는 언제나, 누군가에게도 자신 있게 여행지로 추천해주고 싶다. 나 또한 다시 돌아보고 싶은 몇 안 되는 '아름다운 도시의 기억' 란에 등재 시켜놓은 도시이기 때문이다.

일상으로 돌아와 여행지를 회상할 때마다 입가에 번지는 엷은 미소는 갈 수 없는 시간을 자유롭게 오고 간 여행자의 여유이지 싶다. 그런 여유를 느끼게 하는 여행지도 물론 우리가 정성을 다해 가꾸고, 보존한, 아름답고 위대한 문화유산이 있기에 가능한 일이다. 그러기에 천년고도를 묵묵히 지키고 있는 경주가 매력적인 이유이기도 하다.

만만디에 숨겨진 조급증

창밖으로 하얀 구름의 흐름이 눈길을 사로잡는다. 손 내밀면 금방이라도 잡힐 것 같은 부드러운 느낌이 하늘을 날고 있는 가슴에 살포시 안기는 듯 한 기분이 들어 편함을 준다. 짙은 하늘 속 보이지 않는 하늘길을 날다 국경을 지나 비행기 날개 밑으로 보이는 타국의 탁한 물 빛깔이 순간 낯섦으로 다가온다. 여행이 주는 설렘보다는 오랜만에 타국을 방문한다는 기대와 들뜬 기분에 우리나라와는 다른 풍경을 찾아 여기저기 눈동자는 바쁘도 움직인다.

인천 국제공항을 떠나 1시간 50여 분 비행 끝에 도착한 만만디의 나라 중국, 상해의 외곽 도시 푸동에 최신식으로 건립된 푸동 국제공항 일대에 펼쳐진 광경은 여기저기 불끈 솟아오른 빌딩 숲과 온통 붉은색과 황금색 한자로 쓰인 입간판들이 생소한 광경일 뿐, 회색빛 건물들이 장악한 신도시는 영락없는 우리나라 영종도에 건립된 인천공항과 다를 게 없어 보였다. 신 현대식으로 지어진 공항은 텅 하니 비어있고 한참을 걸어 검색대를 통과하는 데 경직된 차림의 사람들이 바라보는 시선에 싸한 기분이 드는 건 어느 공항이든 보안요원들의 한결같은 표정 때문이라고 애써 위안해야 했다.

오랜만에 문우들과 함께 떠나는 해외 문학기행, 3박 4일 동안 문우들께 편함을 제공해야 한다는 부담감에 감기몸살까지 겹쳐 어깨는 늘어지고 기분조차도 추스르기 힘든 지경에 이르렀다. 회원들 모르게 몸살약을 한 봉지 털어 넣고 나름 속으로 낯선 도시에서 전의를 다져본다. 공항을 빠져나와 3박 4일 동안 일행의 이동수단인 버스를 기다리는데 처음으로 말로만 듣던 만만디를 느껴야 했다. 자신을 흑룡강 성 조선족이라고 소개한 가이드는 성격 급한 대한민국 관광객 일행의 기다림에 미안한 듯, 기사에게 연신 전화를 해대는데도 버스는 20여 분이 지나서야 도착을 했다.

늦게 나타난 한족이라는 기사는 미안한 내색도 없이 그저 무표정하게 짐을 싣고 있었다. 얼굴은 우리네와 비슷해, 공감대가 형성될 만한데 왠지 친근함은 느껴지지 않았다. 그저 자기 할 일만 한다는 우직함이 듬직했지만, 상냥함이 서비스의 기본이라는 것과는 거리가 먼 굳은 표정은 이동 내내 변하지 않다가 가이드가 알려준 인사말에는 멋쩍은 웃음을 건네고는 했다.

大國, 말 그대로 면적이나 인구 면에서 큰 나라인 중국은 유적이나 관광지를 찾아가는 이동 거리만도 2시간 남짓은 기본으로 걸린다. 이동시간을 알려 줄 때마다 와! 하는 탄성이 나오자 중국에서는 보통 7~8시간은 가야 조금 이동했구나 한다며 가이드가 농담 섞인 말을 건넨다. 아마도 우리나라 운전기사였으면 과속적발 카메라를 피해 1시간이면 도착할 거리를 만만디가 실감 날 정도의 지정속도를 유지하며 예고된 시간에 도착하는 철저함은 대국기질이 보이는 한 단면이었다.

보이는 차창 밖의 건물풍경은 쉽게 구별할 수 있을 정도로 빈부의 차이가 느껴지는 데 작은 건물이 즐비한 거리의 공통점은 건물마다 빨래를 내 걸고 있었다. 궁금해서 물어보니 우리의 여행지인 상해나 항주 지방은 일 년에 우기가 300일이 넘어 햇빛만 나면 앞을 다투어 빨래를 내 걸 수밖에 없다는 거였다. 한쪽을 돌아보면 저층건물에는 빨래가 펄럭이는데 그 반대쪽을 보면 이름 그대로 新天地처럼 어마어마한 높이의 빌딩에 쇼핑가임을 알리는 영어와 한문이 섞인 건물이 화려하게 들어서 있었다. 날로 발전을 하는 중국의 이중적인 모습이 하나의 앵글에 잡히니 신기하기도 했다.

한때 우리나라 사람들의 중국 여행 무용담 중에 빠지지 않는 것이 만원 한 장이면 중국에서 과일 한 차를 샀다는 말은 지금은 전설이 돼버릴 정도로 물가나 삶의 질이 비싸고 높아졌다. 신천지라는 쇼핑거리서 실제 느낀 물가는 상상을 초월하고 있었다. 마음에 쏙 드는 가죽 단화의 값을 물어보니 우리 돈으로 80여만 육박하고 있었다. 놀라는 나의 표정이 더 우스운지 가이드가 하는 말이 여기는 중국의 신흥갑부들이 드나드는 쇼핑거리라며 의미 있는 웃음을 보인다.

인구가 대략 16억으로 추산되는 중국은 덩샤오핑 주석의 개방정책에 힘입어 최근 들어 경제를 비롯한 모든 면에서 발전을 거듭해 서방 강대국들의 위협적인 존재로 급부상하고 있다. 예전에는 주어진 시간에 자기 맡은 일만 마치면 기본적인 생활을 할 수 있었던 공산주의식 패턴에서 이제는 자본주의의 유입으로 노력한 만큼 부를 얻을 수 있는 삶의 방식에 사람들이 많이도 변해간다는 가이드의 말이 실감이 났다. 실제 도로를 장악한 택시들의 질주를 보면 우리나라의 80년대 합승을 전제로 한 총알택시를 떠올리게 했다. 신호 위반은 기본이고, 양보라는 것은 눈을 씻고도 찾아볼 수가 없었다. 그러나 아직도 실제 생활에서는 공산주의식 규제라는 것이 있어 이해하기 힘든 극과 극의 모습이 보이는 것 같았다.

들뜬 기분으로 들르는 관광지에서의 의사소통은 거의 불가능에 가까웠다. 상인이라고 해서 다들 외국어를 해야 한다는 의무감은 없다. 그래도 상식선에서 통하는 기본언어는 숙지를 해야 하지 않을까 하는 바람이 들었다. 미처 준비하지 못한 중국어에 대한 무지에서 오는 나를 향한 반발이라고 해도 굳은 표정을 옵션처럼 지닌 그들을 바라보니 조금 답답한 기분이 들었다. 그나마 간혹 센스 있는 상인은 우리가 한국인이라는 것을 안듯이 싸! 싸! 천원! 하면서 호객을 하기도 해 정이 넘치는 지폐를 꺼내게 만들기도 했다. 자본주의 맛을 알기 시작한 만만디 자손들에게 오는 변화는 아마도 선진국으로 가는 과도기적인 현상이 아닐까 보여 진다.

상해의 황포 야경을 바라보며 연신 탄성을 지르며 사진을 찍는 내 모습이 신기해 보였는지 멀리서 형형색색의 전구로 화려하게 용 모양 치장을 한 배가 다가오자 나의 어깨를 가볍게 치며 저것도 찍으라는 듯 수줍게 웃던 남루한 차림의 중국 아주머니의 수줍은 미소가 그나마 대국의 마지막 정이 깃든 미소가 아니길 빌어 본다. 경제생활이나 심적으로 여유를 가진 사람들을 보면 주로 느긋함을 내세우며 자신을 과하게 포장하기도 한다.

남보다 자신이 더 우위에 있다는 사실을 보여주기 위해 거드름을 피우는 것도 마다치 않는 게 사람의 습성이 아닌가 싶다. 여유는 여유를 가져오지만, 빈곤은 조급함을 가져와 종종 사람의 행동이나 말투, 표정에서 풍기는 느낌이 상대로 하여금 불편을 느낄 때가 있다. 가는 곳마다 어마어마한 크기에 온통 금으로 치장된 상징물들이 대국의 힘을 보여주지만, 언제까지 자신들을 대변해 줄 수 있는지를 모를 일이다. 잠재된 힘에 세련된 의식까지 곁들여진다면 그야말로 대국 중에 대국이 아닐까 하는 아쉬움은 고만고만한 면적에 다닥다닥 모여 사는 답답함에 내보이는 괜한 심통일 것이다.

이번 짧은 여행에서 내 시각에 비친 대국 중국은 좋다, 싫다가 아닌 아쉬움이라 표현하고 싶다. 거대한 땅덩어리 중에 빙산에 일각도 안 되는 도시를 돌아보고 중국을 말하기에는 부족하지만 모처럼 여유를 갖고 떠난 여행이 즐거움과 만족으로 가득했으면 하는 진한 아쉬움으로 남았다. 이런 부정적인 시각을 눈치챘는지 조선족과 한족, 그리고 부모의 나라 대한민국의 입장을 고려해, 여러 면에서 열성을 다해 재치 있게 설명을 해주던 가이드의 맑은 얼굴이 떠오른다. 진 따거! 쎄쎄! 그리고 약간 흥을 봐서 미안한데 운전기사 텐 사부! 씽콜라! 우리 이다음에는 의식의 완벽한 변신은 어렵겠지만 무난한 이해가 통하는 시간이 되면 즐거운 마음으로 다시 만나요. 짜이 찌엔! 중국!

크지만 조용한 나라

남을 알고 나를 안다는 것은 다가서기가 편하다는 이점도 있지만 그만큼 선입견을 갖고 대할 수 있다는 단점도 있다. 평생 귀가 짓무르듯이 들은 과거 속의 못된 나라, 침략과 각가지 악행을 서슴지 않고도 모자라 지금도 영토분쟁의 불을 지피고 있는 미운 이웃이 일본이다. 생각만 해도 싫어진다는 왠지 모를 선입견이 생기게 하는 일본 속으로 여행을 다녀왔다. 단순 여행이라기보다 문학단체의 교류차원에서 다녀온 여행이기에 나름대로 의미는 있었지만, 평소 부정적 이미지만을 준 나라이기에 문학교류보다는 그들의 삶이 더 궁금한 것도 사실이었다.

한없는 친절 속에서도 냉정함이 깃들여 있다는 일본 사람들, 일본에서 삼십 년여를 살아온 동포 한 분이 전해준 이야기가 웃음을 짓게 한다. 아침 출근길 길에서 만나 여인 둘이 마주 서서 이야기를 하는 데 점심이 다 되어서 돌아오니 그때까지 길에서 이야기를 하고 있더라는 얘기는 그저 우스갯소리가 아니다. 우리네 정으로는 서로 자기 집으로 초대해 차 한 잔을 대접할 만도 하다. 하지만 대부분의 가정집이 작은 점도 있지만, 손님을 집에 초대하는 일이 거의 없다고 한다.

일본사람들은 과연 다른 나라에서 온 손님들을 어떻게 대할까 하는 근심

어린 궁금증이 일었다. 그러나 사근사근한 그들의 인사법에서부터 수그러들기 시작했다. 우리나라를 방문했을 때에도 그리 감동적인 이벤트가 아니었는데 눈물을 글썽이며 과한 표현을 하는 그들이 낯설게 느껴졌지만 뭔가를 더 줘야겠다는 우리네 헤픈 정은 풀어도, 풀어도 모자라게 만드는 힘을 지닌 것이 참 아이러니했다. 작은 것에도 감사하는 표현을 아끼지 않는 민족성 속에 담긴 의미는 두고, 두고 궁금증으로 남았다.

행사를 마치고 간단한 선물을 증정하는 데에도 그들은 자신들이 가진 민족성은 여지없이 보여줬었다. 자기들이 사는 고장의 물건들로 선물을 주는 철저함, 우리는 여기저기 좋다는 것을 골라 선물을 마련했지만 그들은 그런 부분에서도 철저한 모습을 보이는 것이었다. 누구랄 것도 없이 마주치면 조용한 몸짓에 과하게 웃어주는 어색함은 여행 내내 불편 아닌 불편으로 다가왔지만, 마음속은 반성의 탄성을 지르기에 부족함이 없었다.

넓지도 않은 좁은 길에서 차량이 엉키어도 경적소리 한번 들리지 않고 양보를 해 빠져나가는 모습은 감탄을 자아낼 정도였다. 조금만 밀려도 신경질적으로 울려대는 경적소리나 악다구니를 써야 상대에게 밀리지 않는다는 생각을 갖고 운전에 임하는 우리의 습관이 왠지 낯 뜨거움으로 느껴졌다. 여행지 어딜 가도 조용조용한 말투에 조심스러운 몸짓이 몸에 밴 듯 한 그들의 삶의 방식이 한편 부럽기도 했다.

외국어, 특히 영어에 울렁증이 심하다는 일본인들은 요즘 한류열풍에 젖어서인지 가끔 정확한 우리말을 구사해 놀라게 했다. 드라마 한 편 출현으로 배용

준이라는 걸출한 한류스타가 일본 열도를 뒤흔들어 놓은 열풍은 20대가 아닌 4~50대를 넘은 장년층, 즉 아줌마들이라는 현상이 고개를 갸우뚱하게 한다. 그러나 내용은 몰라도 일본에서 방영되는 드라마 속 배우들의 목소리 톤을 들으면 왠지 상대를 짓누르는 느낌이 든다. 잘 생긴데다 달달한 목소리로 속삭이는 배우 덕에 한국의 모든 남자가 다 그렇게 자상할 거라는 거대한 쓰나미 같은 오해가 일본 열도를 휩쓸고 있다는 것이다. 우리나라 방문 내내 배용준 팬이라며 짧은 한국어를 애쓰며 구사하는 '마사꼬'라는 분에게 냉장고에 붙이는 배용준 사진을 선물 했는데 거짓말같이 닭똥 같은 눈물을 흘려 순간 당황스럽기까지 했다.

조용하고 조심스러운 행동의 내부에 억지로 잠재우고 있는 그 무엇이 정확히는 모르겠지만, 간혹 그들이 쓰는 억지를 보면 이조차도 그 안에 억압되어 있는 참음이라는 것의 반항인지도 모를 일이다. 예의와 겸손을 주 무기로 하는 일본인들이 쓰는 억지가 가끔은 생경스럽게 들리는 까닭, 아마도 섬나라의 불안한 미래가 주는 초조가 빚어낸 하나의 아픔이 아닐까 싶다.

교류 내내 그들의 행동이나, 말투에 비친 일본은 참으로 곧다는 느낌이지만, 언제까지 두 얼굴의 모습으로 자신의 감정을 삭이며 살아갈지는 괜한 불안감을 주기에 충분했다. 나라는 창피한 역사를 모면하기 위해 늘 억지를 쓰지만, 국민 개개인은 부드러움으로 상대를 대하는 민족성이 자연스러운 나라가 일본이다. 어찌보면 완벽에 가까운 이중성에 의문이 다가오는 건 사실이다. 국토는 크지만 조용한 나라 일본, 아마도 그들 눈에 비친 대륙을 향한 부러움이 그들을 그렇게 만들지 않았나 싶어 한편 연민의 정을 느끼게 했다.

스치듯 다녀온 추억

매여있던 공간을 떠나 낯선 공간으로에 이동이 주는 기대치는 실로 무궁무진한 것 같다. 태어나서 자라고, 생활패턴의 변화가 거의 없는 무미건조한 생활은 무료함을 주기에 충분하다. 한 번쯤은 주어진 환경을 탈피해 해외라는 미지의 세계로의 걸음은 엄청난 기대를 동반하고는 한다. 가족을 잠시 떠난다는 아쉬움 만 빼면 집을 나서는 순간부터 벅차오르는 기분은 아마도 혼자만이 느끼는 희열은 아닐 것이다. 엔진의 과열음이 가슴을 두드리고, 땅을 박차고 날아오르는 육중하고도 거대한 새 한 마리에 올라앉은 기분은 역시 많은 돈을 투자해야 얻을 수 있는 권리이기도 하다. 구름 위를 날아간다는 실제 상황을 즐기는 심정은 차라리 황홀하기까지 하다.

두어 시간을 날아 도착한 마카오는 TV에서만 보았던 그대로 그야말로 황금의 도시, 카지노의 도시라고 해도 과언은 아니었다. 외형으로 비치는 건물들을 봐도 심상치 않은 포스를 자랑하는데 거의가 금빛 치장을 하고 있었다. 더 놀라운 것은 우리가 눈으로 보고, 놀라는 그 건물들이 거의 대부분이 카지노라는 사실이었다. 액면 그대로 카지노로 먹고사는 도시라는 게 가이드의 전언이지만 정말 입이 벌어질 정도로 엄청난 규모를 자랑하고 있었다. 세계적으로 다섯 손가락 안에 든다는 마카오 최고의 카지노를 방문했는데 카지노의 규모는 다음으로 치더라도 그 안에 쇼핑몰들의 경관에 놀라움을 금치 못했다. 그 광대한 쇼핑몰의 천장을 인공 하늘로 덮었다는 사실에 다시한 번 경악을 금치 못하고 말았다. 뭐라 설명할 수도 없는 규모의 인공 하늘 아래에서는 인공 호수가 있고, 그 안에는 이태리 베네치아의 곤돌라를 그대로 옮겨놓은 듯한, 유유자적한 풍경이 감탄을 자아내게 했다. 이 모든 규모가 바로 실내라는 사실이 믿어지지가 않았다.

사회주의에 귀속됐다는 사실을 까마득히 잊게 하는 광경은 역시 카지노였다. 적어도 몇천 명이 들어서서 각종 게임에 베팅을 하고 있었다. 나 또한 마카오에 가면 한탕을 잘해서 쏠쏠한 재미를 보리라 마음먹었지만 타고난 배포가 작은지라 홍콩달러 200불을 잃고 서둘러 입맛을 다시고 말았다. 도무지 개수를 알 수 없는 카지노 중에 한곳인데도 도대체 얼마만큼의 돈이 오고 가는지도 모를 규모를 자랑하고 있었다. 잔 푼돈이 오가는 곳에서는 웃음이, 도박이라는 한탕주의로 고액이 오가는 곳에서는 웃음이라고는 찾아볼 수없는 심각함이 공존하는 공간이었다. 이곳으로 안내한 가이드가 잠시 후 만날 때는 웃으며 만나자는 말이 실감 나는 시간이었다. 다행히 일행 중, 한두 분은 소액이지만 성과를 거두었다는 기쁨에 모두 내일처럼 즐거움으로 카지노를 나왔다는 사실에 안도할 수가 있었다.

홍콩에 들어서서는 왠지 모를 사명감에 사로잡혀 있었다. 여행을 떠날 때 잘 다녀오라며 쌈짓돈을 건네던 아내의 표 나지 않는 압박에 쇼핑에 신경을 써야 하는 과제를 안고 있기 때문이었다. 야간 일정에 쇼핑할 수 있는 시간이 주어진다는 말에 안심은 했지만, 그 안심은 더 마음을 어둡게 만들었다. 야시장이라며 우리나라 남대문 시장 정도의 쇼핑센터로 안내를 하는데 눈에 들어오는 물건이 없었다. 명품은 아니더라도 기본은 구입해야 하는데 전혀 눈에 차는 물건이 없는 거였다. 다행히 쇼핑지로 들른 쥬얼리 샵에서 체면치레를 할 정도의 선물을 사서 대미를 장식할 수가 있었다. 아직은 촌티를 벗어 던지지 못해 선물을 안 사면 불안해지는 마음은 소심인지, 순수인지 알 길이 없지만 아무튼 선물은 늘 여행에서 큰 짐이자, 스트레스이기도 하다.

일정의 마지막 날 들른 홍콩 스타의 거리는 그간 영화에서 보던 스타들의 손도장이 있는 바닷가를 낀 아름다운 거리였다. 중화권이 낳은 스타의 거리는 추억도 되살리고 흥미를 돋는 재미가 있었다. 홍금보를 비롯하여 유덕화 등, 지금도 활동 중인 스타의 손도장이 있는가 하면 작고한 이소룡과 장국영은 손도장 대신에 별 모양으로 처리해 스타의 대우를 해주고 있었다. 특히 한국과 인연이 깊은 성룡은 한글로 자신의 이름을 써넣은 재치가 돋보였다. 쿵후스타 이소룡의 동상 앞에서 나이를 잊은 소녀줌마들이 아~~뵤 하며 이소룡의 괴성을 흉내내며 즐거워하는 모습에 절로 웃음이 나왔다.

여행의 첫째 기쁨이 눈요기에 있다면 당연 그 두 번째는 먹을거리에 있다. 해외여행에서 제일 황당하고 씁쓸할 때가 식사 시간에 한식집으로 가는 거였다. 눈 뜨면 보이는 좁은 거실에서 느끼는 답답함은 그렇다 치더라도 작은 식탁에서 무의미하게 흡입하는 한식이라는 이름의 일용할 양식은 간혹 견디기 힘든 패턴이다. 그런데 해외에서까지 한식을 권하는 여행사의 배짱은 눈살을 찌푸리기에 충분했다. 딤섬이라는 중국 고유의 식사를 하고 오룡차를 마시며 다음 요리를 기다리는 기분이 있어야 돈을 들인 맛도 느끼는 게 아닌가 싶다. 마카오에서 즐긴 포르트갈 식의 식사나, 가이드 없이 호텔 앞 골목 식당에서 즐긴 현지요리는 과한 기름기만 빼고는 색다른 맛이어서 흥미롭기까지 했다. 우리에게는 생소하지만, 원탁을 돌려가며 자신의 입맛에 맞는 음식을 양껏 덜어 먹는 기쁨은 기분을 한결 배가시키기에 충분했다.

마카오나 홍콩은 자유주의에 있다가 사회주의로 귀속된 아주 특이한 케이스다. 그래서 그런지 이들의 행동은 TV에서 본 경직된 사회주의 사람들이 아니라 왠지 유들유들해 보이기까지 했다. 여행 과정 중 전신 마사지를 받았는데 마사지사인 젊은 아가씨들은 고통을 호소하는 나의 몸짓에 장난기 어린 표정과 몸짓으로 더 짓궂게 강도를 더해가는 여유를 보이기까지 했다. 물론 당연하다는 듯이 팁을 받아가는 건 기본이었다. 어느 여행지에서나 쓸데없이 팁을 지불하는 것이 한국인이 만들어놓은 풍습이라며 가이드가 씁쓸하게 웃는다.

홍콩 생활 10여 년을 했다는 가이드가 간간이 들려주는 홍콩의 비하인드 스토리는 흥미로운 부분이 있었다. 특히 기부문화가 발달해서 기부자의 이름을 딴 빌딩이 많은 것이다. 번 만큼 남을 위해 흔쾌히 쓸 줄 아는 대인배들이 많다는 것이 우리와는 조금 다를 뿐이었다. 실생활로 가면 고액의 월세가 주는 압박감이 날로 팽배해져 가지만 반대로 그런 제도로 인해 많은 부를 축적한 현지인들이 많다는 것이었다.

짧은 일정으로 인해 수박 겉핥기 식의 여행을 한 것은 사실이지만 다람쥐 쳇바퀴 도는 듯한 생활을 잠시 탈피해, 다른 세계로 눈을 돌려 안구 정화를 하고 왔다는 즐거움은 충분히 느낄 수 있는 여행이었다. 달콤했던 망고 주스, 육포시장 상인들이 건네던 맛깔나던 진홍빛 육포, 경직된 분위기의 서비스맨들이 풍기는 어색 조차도 이젠 추억으로 남을 것이다. 들뜬 가슴으로 보냈던 며칠이 지나가고 다시 일상으로 돌아온 지금, 차분히 지난 시간들을 떠올리며 간혹은 웃음으로 간혹은 입맛을 다시게 되는 여행의 추억, 아마도 이런 기분이 있어 일정한 시간이 지나면 심란한 마음을 부추겨 다시 미지를 향해 떠난 것이 즐거운 중독이 아닌가 싶기도 하다.

화성 걷기가 준 선물

흰 눈이 기척도 없이 어깨에 내려앉아 반가움에 손을 내어 내리는 눈을 받아보았다. 하지만 눈은 내민 손바닥 위에서 순간 소멸의 안타까움을 전해준다. 손에 닿을 듯한 거리에 고즈넉이 자리 잡은 화성 행궁에도 소복이 흰 눈이 내려앉았다. 검은빛 기와가 올라앉은 행궁은 내리는 흰 눈과 어우러져 한 폭의 동양화를 그려놓아 황홀경에 빠지게 한다. 몇십 년을 살면서 무심히 오가며 자주 보아왔던 웅장한 행궁과는 달리 오늘 눈앞에 펼쳐진 아름다운 모습은 이 거대한 행궁을 언제 이리로 옮겨 왔을까? 하는 착각에 빠지게 했다. 조선왕조 정조대왕의 남모를 아픔과 연민이 깃든 화성행궁 앞에 서서 폐부 깊숙이 냉기를 들이마시며 화성 성곽길 걷기를 시작한다.

초등학교 친구들과 동행하기로 계획된 걷기의 시작은 깜짝 가이드를 자청한 나의 어설픈 설명이 곁들인 행궁 외곽을 둘러싼 화성 성곽길을 걷는 것이었다. 행궁은 눈이 내려 무술공연이 취소된 관계로 관람을 뒤로 미루고 행궁 옆길을 통해 팔달산으로 바로 행로를 결정해야 했다. 산길을 따라가는 내내 아는 만큼의 설명보다 더 감동으로 받아들이는 친구들의 반응에 절로 기분이 업 되어 이것저것 수원에 관한 비하인드 스토리까지 끌어다가 설명에 열을 올리고 있었다. 걸음은 어느덧 팔달산 화성열차 정류장에 도착을 했다. 매표구는 문이 닫혀 있었다. 눈이 내려 길이 미끄럽다는 이유로 운행이 중단되었다는 안내문조차도 없었다.

서둘러 친구들을 이끌어 동심을 자극하는 고향의 봄 노래비 앞에 섰다. 「고향의 봄」 노래비는 세월의 때가 묻어 외양은 허술해 보였으나 노래비에 새겨진 노랫말을 읽다 보니 아직도 귓가에 생생할 정도의 정감 어린 음감을 떠올리기에 충분했다. '나에 살던 고향은 꽃피는 산골~~'로 시작하는 수원 출신의 음악가 홍난파가 작곡한 「고향의 봄」은 초등학생이면 누구나 한 번쯤 불렀을 명곡이다. 본명이 홍영우로 알려진 홍난파는 민족의 아픔을 노래한 「봉선화」를 작곡했고 한국음악사 에 적지 않은 공헌을 했으나 일제시대 친일행각이 밝혀졌다고 하여 후손들이 소송할 정도로 친일과 반일의 소용돌이에 낀 불운한 음악가이기도 하다. 그래도 명곡은 명곡으로 인정을 받은 것인지 아직도 수원의 중심 팔달산에 노래비가 보존되어 있다. 음을 맞춰 「고향의 봄」 한 소절을 부르며 동심으로 돌아간 것처럼 즐거운 표정으로 남포루 성곽길을 따라 능선에 올랐다.

본격적인 화성 걷기는 지금부터 시작이다. 1997년 12월 유네스코 세계문화유산으로 등재된 화성은 그 길이가 5,520m에 달한다. 서장대 입장권도 구입할 겸 친구들에게 추억을 만들어 주기 위해 효원의 종 타종권을 구입해 타종을 권하자 모두들 즐거움과 진지한 표정이 되어 타종을 하고 있었다. 무엇을 소원했는지는 종소리만 알겠지만 아마도 한두 친구는 오늘 함께한 친구들의 안녕을 빌었으리라 생각했다.

오랜만에 찾은 서장대는 여전히 늠름하게 수원을 내려다보고 있었다. 2006년 5

월 화재로 소실되었던 서장대가 복원된 뒤로 처음 찾아온 것이다. 관리 소홀이라 하기엔 안타까운 화재였다. 만취자의 소행이라고 하지만 정말 있어서는 안 될 일이 벌어진 것이다. 서장대에서 바라본 풍경은 아름다움의 극치라 해도 과언은 아니었다. 살짝 흰 눈이 덮인 행궁의 모습도 그러려니와 시내 곳곳이 적당히 쌓인 눈으로 인해 한결 깨끗해진 것 같아 마음까지 상쾌해졌다. 화서문을 지나 장안문까지 이어지는 화성길은 초겨울이라 인적도 드물고 조금은 스산해 보였지만 친구들의 쉴 새 없이 오가는 정겨운 대화가 있어 한결 따스함을 느끼기에 충분했다.

시원한 초겨울 바람을 맞으며 일행은 어느덧 방화수류정에 도착을 했다. 화성의 4개 각루중 하나인 방화수류정은 CNN 선정 한국 방문 시 꼭 가봐야 할 곳 50선에 선정되기도 한 아름다운 정자다. 꽃을 찾고 버드나무를 찾아가는 정자라는 뜻을 지닌 방화수류정은 꽃 피는 봄이 오면 사진작가들의 무한 사랑을 받는 명소이기도 하다. 물론 보물 1709호에 지정된 문화재이다. 화려한 봄꽃 대신 하얀 눈꽃이 내려 그나마 위안은 됐지만 모처럼 찾아온 친구들에게 절경을 선사하지 못한 아쉬움을 접고 창룡문을 향해 걸음을 옮겼다. 한국전쟁 때 부분 소실되었다가 재건을 한 창룡문은 연무대와 국궁 체험장이 있지만, 수원의 4대문 중에 시각적으로 보면 가장 왜소한 성문이기도 하다. 넓은 자리를 차지한 활터가 날씨 탓인지 찾는 이 없어 썰렁해 보였다.

긴 시간 걷기를 한 탓인지 미세하게 피곤이 밀려왔다. 모두들 배낭을 풀고 소풍을 온 아이들처럼 옹기종기 모여 앉았다. 초등학교 다닐 때 가던 소풍에는 필수품이 있었다. 김밥과 계란, 그리고 환타 아니면 사이다가 그것이었는데 역시 고향친구들은 기대를 저버리지 않고 어김없이 향수를 담아 왔다. 계란과 커피를 배낭 속에서 끄집어냈다. 성숙한 모습처럼 입맛도 업그레이드 되었지만 오손도손 모여 앉아 먹는 그 맛은 예나 지금이나 달콤했다. 삶은 계란을 이마에 부딪쳐 껍질을 벗기던 개구쟁이 짓도 잊지 않고 재현해 주는 고향 친구들이 있어 행복했고 어설픈 조크에도 까르르 웃어주는 리액션이 있어 만남의 이유와 기쁨이 넘쳐흘렀다.

마지막 남은 성곽 길을 모두 걷고 수원의 먹을거리 명소인 지동에 들러 순대와 한 잔술이 곁들인 뒤풀이가 시작됐다. 그 사이 걷기에는 동참하지 못 했던 근방의 친구들이 우리의 일정을 듣고 찾아와 더욱 뜻깊은 시간을 나누었다. 술이 거나해질수록 소소하게 전해지는 명품 가이드(?)에 대한 칭찬에 술이 절로 넘어가고 있었다. 지천명을 넘긴 친구들이 어렵게 시간을 내서 찾아온 화성 성곽 걷기에 부실하나마 가이드를 자처한 하루가 이렇게 뿌듯하게 다가올 줄은 꿈에도 몰랐다. 친구가 있어 느끼는 참 행복이 이런 맛인 줄도 몰랐다. 그저 내가 사는 도시를 찾은 친구들을 대접해야 한다는 체면치레로 시작된 하루였었다. 하지만 시간이 갈수록 변하지 않은 친구들의 순수함에 치레로 다가섰던 나의 알량함에 미안한 생각이 들었다.

문화재가 있는 명소를 찾고, 이왕이면 뜻을 같이한 친구들이 모여서 하는 작은 투어지만 서로의 마음이 통하는 시간이었던 것 같다. 함께 한지는 얼마 되지는 않았지만, 앞으로도 변하지 않는 마음 엮음이 이어진다면 아마도 세상에서 가장 아름다운 행보가 되지 않을까 생각한다.

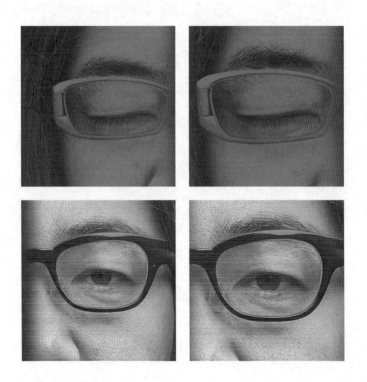

진실한 삶을 바탕에 두어야 빚을 수 있는 자연한 이야기

지연희 | 시인, 한국문인협회 수필분과회장)

진실한 삶을 바탕에 두어야 빛을 수 있는 자연한 이야기

작가와 문학 장르의 경계는 한국 문단의 굳은 관습 같은 흐름으로 흘러왔다. 물론 소설가가 시를, 시인이 소설을 여기로 쓰는 타 장르에 대한 관심은 보여 왔지만, 본격적인 창작 시도는 아니었다고 본다. 특정한 장르로 등단하여 오직 그 장르에 최선을 다하여 평생을 투신하는 일은 당연하다고 믿었다. 그러나 시인은 시만 쓰고 수필가는 수필만 쓰거나 소설가는 소설만 써야 된다는 고정관념은 수정되어야 한다는 생각을 했다. 왜 남의 장르에 침입자처럼 발을 들여 놓느냐 하는 배타적 인식은 수정되어야 한다고 믿는다. 세계 어느 나라 문인들이든 그 나라의 유일한 문학인으로 불리어진다는 사실을 알고부터 더욱 한국 문단의 장르의 벽은 무너져야 한다고 생각해 왔다. 역대 노벨상 수상자들의 전기를 쓰면서 그들의 용광로처럼 뜨거운 열정으로 제련하던 문학 혼과 만날 수 있었다. 문학인이 한생의 업적으로 남긴 시, 수필, 희곡, 소설 등의 창작 흔적은 그의 역량을 가늠하는 척도가 아닐 수 없다. 오늘 12여 년간 4권의 시집을 출간하고 수필집「뒤돌아보면」을 설렘으로 내어놓는 전영구 수필가의 첫걸음은 자못 기대하지 않을 수 없다. 새로운 장르에 대한 도전이기 때문이다.

이름이 뭐냐 묻고 싶어도 / 수줍음 많은 그대가 안쓰러워 눈길 돌리고 / 어디로 가려는지 묻고 싶어도 / 눈물 머금은 그대 몸매의 가냘픈 흔들거림에 고개 돌리고 / 한걸음에 달려가 작별인사 전하고 싶어도 / 꽃대만 서있는 그대 운명을 볼까 두려워 발길 돌리고 / (시 – 들꽃2 중에서) 이렇듯 누구의 관심보다는 스스로를 키우고 피워낸 강인함 속에는 외면과 무시를 당하는 아픔이 있다. 속으로 삭이며 살아가다 보니 낮추어진 몸짓이 더 쓸쓸해 보이는 들꽃의 몸사림이 더욱 안쓰러움을 자아낸다. 그러나 늘 가까이에서 손 내밀면 살랑살랑 반가움에 몸을 떨어주는 들꽃의 마음 씀씀이는 고마움의 대상으로 남아야 한다.

어린 시절 뛰놀다 배고픔에 지치면 비상식량처럼 제 몸을 내어주던 들꽃에 대한 잔상은 두고두고 지워지지 않는 기억 속 수채화로 색칠해져 있다. 바라만 봐도 편안함을 주는 들꽃은 삭막한 콘크리트에 갇혀 사는 우리의 마음을 정화시켜주는 역할을 톡톡히 하고 있다. 잡풀이라 불리는 들풀 곁에서 살포시 몸 낮추고 자라는 들꽃의 아름다움은 그 소박한 자태에 있다. 때로는 자연의 엄청난 횡포에도 굴하지 않고 자리를 지키다가 소소한 배풂에는 감사의 미소를 지을 줄 아는 다소 곳한 자태가 들꽃이 지닌 영원히 지지 않는 매력이다.

수필 「들꽃에 대한 잔상」 중에서

가을은 어김없이 우리 곁을 오고, 또 떠나간다. 나에게 가을이라는 이름은 성숙으로 가는 파고가 심했던 힘든 과정 속 과목이었다. 지금은 여유를 갖고 가을을 바라보지만, 한때는 열병처럼 힘겹게 보내야 했던 계절이었다. 떠올리기조차 싫은 감정의 몰락이 꼭 가을이라는 정점에 와서야 더욱 괴롭히는 것은 이유가 있을 듯싶다. 아마도 푸름으로 풍성했던 눈앞에 보이던 모든 것이 너무도 쉽게 사라져 버리는 허전함과 무관하지 않을 것이다.

예민하던 시기의 감정의 무게와 중년에 들어선 지금 느끼는 감정의 크기는 분명 다를 것이다. 그러나 가을은 허전함을 남기던 추억 속 흔적이 더 많이 남아 있어 이 계절을 보내기에 그리 편하지 않은 건 사실이다. 가을이 주는 선입견에 휘말려 지레 두려워하는 점도 부정하지는 못하겠다. 오기도 전에 미리 두려워하고, 가려 하면 쉽게 보내주지 못했다. 그 같은 마음의 요동은 언젠가 더 연륜이 쌓여 내 삶에 여유가 생기면 아마도 지금보다는 더 그윽한 가슴으로 가을을 맞이할 수 있을 것 같다. 가을이라는 능선에 서서 무념의 가슴으로 손을 흔들며 말이다.

수필 「가을이라는 것은」 중에서

수필 「들꽃에 대한 잔상」은 자연 그대로의 피고 지는 들꽃의 소박한 아름다움을 그리고 있다. 기계화되고 정형화된 현대사회가 메마른 정신과 육신을 사육하듯 세뇌시키고 있다면 누구의 손길도 닿지 않은 오직 자연의 그늘에 제 모습대로 들에 핀 들꽃의 아름다움을 이 수필은 말하고 있다. '바라만 봐도 편안함을 주는 들꽃은 삭막한 콘크리트에 갇혀 사는 우리의 마음을 정화시켜주는 역할을 톡톡히 하고 있다. 잡풀이라 불리는 들풀 곁에서 살포시 몸 낮추고 자라는 들꽃의 아름다움은 그 소박한 자태에 있다. 때로는 자연의 엄청난 횡포에도 굴하지 않고 자리를 지키다가 소소한 배풂에는 감사의 미소를 지을 줄 아는 다소곳한 자태가 들꽃이 지닌 매력이다.' 가식 없고 꾸밈없는 순수의 그대로 다소곳이 얼굴 내밀고 있는 들꽃에 대한 예찬이다. 하지만 이 수필을 보다 깊이 있게 감상하자면 살포시 몸 낮추고 화장기 없는 민낯으로 주변을 밝히는 어여쁜 소녀의 모습을 만나는 기쁨이 있다.

가을은 풍요의 결실을 의미하기도 하지만 무엇보다 더 깊은 공허의 쓸쓸함을 느끼게 되는 계절이다. 냉기 가득한 서늘한 바람이 옷깃을 파고들고 그 바람의 손에 이끌려 마른 땅에 쓸려오고 쓸려가는 낙엽의 서걱거리는 군무가 멜랑꼴리한 우수에 젖게 하는 것이 아니겠는가 싶다. 그리고 조락의 슬픔이 계절의 의미를 아스라한 벼랑으로 떨어뜨리는 것이다. '아마도 푸름으로 풍성했던 눈앞에 보이던 모든 것이 너무도 쉽게 사라져 버리는 허전함과 무관하지 않을 것이다'라는 화자의 심경이다. '바람만 불어도 머리카락이 송곳하게 솟는 기분이 전해진다. 흔들리는 잎새만 봐도 잔잔하던 맥박이 불규칙하게 뛰고 있다. 지는 노을만 바라보고도 왠지 가슴 한켠이 공허해 오는 것은 한 해를 서서히 보내줘야 하는 길목, 가을이라는 이름이 주는 계절병이다.' 라고 한다. 다만 화자는 이 텅 빈 운동장 같은 가을의 공허한 계절을 아픔으로 맞이하며 성숙해 가는 '나'를 바라보고 있다.

그간 직장생활에 나름대로 가정을 꾸린답시고 너무 장모님한테 소홀히 하지는 않았는지 자꾸 후회가 밀려온다. 지금이라도 늦지는 않았지만 그래도 흐르는 세월에 걸려 쇠약해진 모습을 바라보면 눈물이 먼저 흐르는 것도 어쩔 수가 없는 것 같다. "니들은 죽었다가 깨도 이 엄마 나이에 엄마만큼 멋을 부리고 살지 못할 걸 아마" 하시던 말씀이 그저 소박한 촌부였던 친어머니를 떠올리며 괜한 비교에 그때는 씁쓸하게 들렸는데, 지금은 그보다 더 멋을 부리며 외출을 해 주셨으면 하는 바람이 앞선다. 바쁜 시간에 쫓겨 사는 우리의 삶은 무슨 일이 닥쳐야 대응하고 후회하는 우매함을 버리지 못하는 모양이다. 보다 정성을 다하지 못하는 내가 가끔씩 죄송하기 짝이 없다.

작품해설

파마 시술시간이 흐를수록 몸을 뒤척이고 힘겨워하신다. 몸을 제대로 가눌 수 없을 만큼 당뇨 합병증을 앓고 계신 초췌한 모습을 바라보는데 가슴이 뭉클해져 온다. 앙상한 가을 잎 하나가 가지에 매달려 바람에 흔들리고 있는 것 같아 목이 메어왔다. 지금 장모님은 무엇 때문에 그렇게 가눌 수 없는 몸으로도 당신을 가꾸려고 하는지 생각해 보았다. 자존심이다. 서녘 산마루에 걸린 지는 해의 노을빛 자존심이다. 병실에서 잠시 출타하여 미용실에 이르는 고생도 감수하는 모습에 또다시 가슴이 뭉클해진다. 기계에 머리를 맡긴 장모님이 졸고 계신다. 아마 지금쯤 상당한 고통이 온몸에 퍼져 있을지도 모른다. 살며시 앙상한 손을 잡아 본다. 잠에서 깨셨는지 멋쩍은 웃음을 보이신다. 행복하냐는 물음에 고개를 끄떡이신다.

수필 「장모님의 외출」 중에서

연어는 자신이 태어난 곳을 찾아 갖은 위험을 무릅쓰고 거센 강물을 거슬러 올라 꼬리와 지느러미, 온몸이 다 헤지도록 물속의 돌을 파헤쳐 구멍이를 만든다. 그곳에 자신의 분신이 될 알을 혼신의 힘을 다해 낳고는 죽음을 맞이한다는 숭고한 이야기는 모두가 아는 사연일 것이다. 더 놀라운 사실은 죽은 후에도 물에 떠 다니며 어린 새끼의 먹이가 되어 준다는 것이다. 거센 물결에 밀려 떠내려갈 때까지 지키는 희생을 감수하며 남은 몸조차도 수초의 영양분이 되어 식량을 만들어 주는 그야말로 자식을 위해 온전한 희생을 바친다. 이는 자연의 섭리라 하기엔 너무 놀라운 모성을 보여 주는 것이다.

연어가 위험을 헤치고 알을 낳아 새끼가 태어나 자랄 공간을 만들어 주듯, 사람으로 자식을 위해 얼마나 희생된 삶을 살고 있는지 생각해야 한다. 부모의 이기주의적 행동으로 인해 행복해야 될 삶에서 이탈되어 살아가는 아이들이 늘어만 간다니 참으로 걱정스럽고 놀라운 일이다. 처음에 사랑으로 다짐한 맹세처럼 끊임없는 관심과 희생, 그리고 극진한 보살핌이 절실하게 필요한 것이다. 자식을 곧은 길로 이끄는 이정표가 될 올바른 부모의 의무가 잘 이행될 때야말로 자신이 태어난 곳을 향해 목숨을 걸고 찾아오는 회귀본능, 바로 부모의 품, 한없는 사랑이 빛을 바라지 않을까 한다. 만물의 영장이라는 인간, 더 이상의 머뭇거림 보다는 몸으로 마음으로 연어의 숭고하고, 성숙한 희생을 본받아야 되지 않을까 한다. 인간이기에 할 수 있는 생각과 개선을 통해 변신을 하는 참다운 모습으로 말이다.

수필 「연어의 삶처럼」 중에서

수필 「장모님의 외출」은 어버이를 향한 자식의 도리가 무엇인지를 사실 체험으로 보여 주는 수필이다. 효의 근본은 물질적 도움에 있지 않고 일상 속에 놓인 생활 저변의 섬김으로 시작되는 것이다. 병상에 누운 환자이지만 장모님 당신이 원하시는 파마를 해 드리기 위해 미용실에 모셔가고 때로는 염색을 손수 해 드리는 사위의 모습은 큰 감동이 아닐 수 없다. 아들도 아닌 사위의 장모사랑은 남다른 효행으로 귀감이 되고 있다. 어버이를 위한 효행은 마음만으로 행하는 것이 아닌 까닭이다. 그 마음이 행동으로 옮기지 못하다가 어버이 떠나시면 후회의 회한으로 아파하기 쉽다. '직장생활에 지쳐 파김치가 되어 집에 돌아오는 길이면 으레 기분 상하신 장모님의 전화가 빗발치기 시작한다. ─중략─ 하루 내 있었던 일들을 일일이 얘기하면서 바로 얼른 돌아가 쉬라고 채근하신다. 그럴 때면 나는 가을 국화꽃 향기 같은 엄마 냄새를 맡는다. 어린 시절 엄마 가슴에 안기면 맡을 수 있었던 세상에서 가장 거룩한 향기에 젖게 된다.' 병상에 누워 사위를 기다리는 장모와 장모의 투정을 섬김으로 받아들이는 사위의 따뜻한 사랑이 훈훈하게 피어나는 수필이다.

세상에서 가장 아름다운 사랑은 부모가 자식을 위해 자신의 몸을 죽음으로 내어 주는 거룩한 희생이다. 수필 「연어의 삶처럼」은 부모의 무모한 이기주의적 행동으로 가족이라는 이름이 해체되어 뿔뿔이 불행한 삶을 살게 되는 모순을 연어의 모성으로 대비시켜 참어버이의 삶을 상기시키고 있다. 인연이 다해 이혼이라는 극단적인 결정을 할 때면 자식이 마치 서로의 분신인 양 내세우던 이들도 감정이 극에 치달으면 '널 닮았으니 네가 데려가' 라는 악다구니를 치며 그야말로 인간의 막장을 보여주고 뒤도 돌아보지 않은 채 헤어진다고 한다. ─중략─자신의 분신이 될 알을 혼신의 힘을 다해 낳고는 죽음을 맞이한다는 숭고한 이야기는 모두가 아는 사연일 것이다. 더 놀라운 사실은 죽은 후에도 물에 떠 다니며 어린 새끼의 먹이가 되어 준다는 것이다. 날로 삭막한 정서로 급변하는 현대인의 배타적 삶이 가정을 파괴하고 급기야 자신의 분신마저 외면해 버리는 안타까움을 연어의 모성으로 회복시키고 싶은 의지를 이 수필은 말하고 있다.

작품해설

막연하지만 그래도 기약이 정해진 기다림에도 이리 애타는데 무작정 기다리던 어머니가 겪은 마음 졸임은 어떠했을까를 되짚어 본다. 방황의 시절 무작정 나를 기다려준 어머니와 부모가 되어 자식이 이런저런 캠프로 잠시 떨어져 있음에도 애를 태우는 지금 나의 기다림은 많은 차이가 있다. 자식을 향한 나의 기다림은 다소 이기적인 면이 있다. 있다가 없는 허전함을 채우기 위함이 전부는 아니지만 그래도 하루하루의 일상 속 녀석의 부재는 심심함을 채우기 위한 욕심일지 모른다. 하지만 무조건적인 희생이 따른 어머니의 기다림은 결코 따를 수 없는 깊은 사랑이 내포되어 있었다.

기다림은 목적이 있어 좋기는 하다. 품 안의 자식을, 아니면 사랑하는 사람을 기다리는 것은 많은 시간을 허비해도 나중에 만남이라는 보상이 주어지기에 가능하다. 아마도 그것마저 없다면 기다림이 주는 중압감은 누구도 이기기 힘든 고통의 시간이 될 것이다. 어찌 됐든 기다림은 많은 인내를 요구한다. 상황에 따라 주어진 시간을 가슴속에서 태워야 비로소 어떤 결과로든 기다림의 끝을 볼 수가 있다. 색깔은 다르지만 사랑에도, 잊음에도 기다림이 필요하다. 모든 일에는 이처럼 일정부분의 희생과 보상이라는 사이에서 성립된다. 잠깐의 기다림이 만남이 되어 바로 기쁨을 느끼는 것은 일상이 될 수 있지만, 평생을 고독한 기다림과 함께 한 어머니의 기다림은 숭고한 사랑이라는 정신이 있어야 가능한 참으로 위대한 목적이 될 수 있는 것이다.

수필 「기다리는 마음」 중에서

이 사람 이외에는 영원히 안 될 것 같다는 단호함이 보태진 외골수적인 사랑의 행보는 실로 아름답다. 그대라야 된다는, 그대라야 이루어질 수 있다는 단호함은 사랑이 영원할 수 있다는 확신을 주기에 충분하다. 그대 이외에 다른 이는 결코 비집고 들어올 수 없다는 철옹성 같은 마음은 늘 한 곳을 바라보고, 그 한 사람만을 위해 살아간다는 존재론까지 펼쳐 보이면 그 사랑은 위대함을 넘어 거룩해 보이기까지 한다.

외줄을 타는 심정으로 견뎌 온 사랑은 실체는 있지만, 마음속에서 더 이상은 실존하지 않는 무형의 환영처럼 남아있다. 사랑이라기 보다 전부였다는 표현이 더 어울리던 숙명 같던 만남은 세월로 낡아진 인연의 끈처럼 무심하게 끊겨져 버렸지만, 한동안 격정의 세월을 타고 흘러 잔잔한 행복에 올라앉아 지금에서야 뒤를 돌아보니 한때의 가슴앓이가 숭고해 보인다. 접고 접어 가슴속 어느 한 모퉁이 숨겨놓아야 했던 시간이 흐르고 간 추억 속 그 사람도, 잊고 싶은 추억은 아니기를 바라는 이기주의적인 소심함은 세월이 내게 안겨 준 마지막 선물이었다.

수필 「종교같은 사랑」 중에서

　수필 「기다리는 마음」은 변치 않는 사랑으로 언제나 어디서나 나를 기다려주는 희생적 사랑을 말한다. 집 나간 자식을 기다리는 어머니의 모성은 피와 살이 마르는 안타까움의 연속이다. 하지만 돌아온 자식을 맞는 어머니의 생일밥상은 꾸지람 대신 '미역국과 내가 좋아하는 반찬'이 푸짐하게 차려있었다. "니 놈 생일인 것도 모르고 들어온겨" 식기 전에 먹으라는 말씀으로 돌아앉으시던 어머니의 사랑은 크기를 잴 수 없는 무한의 모성이다. 어떤 사랑으로도 잴 수 없는 희생적 사랑인 것이다. '무작정의 기다림, 못났지만 자식을 기다리며 생일상을 차리던 어머니의 애타는 마음'을 철없던 시절에는 미처 깨닫지도 못하고 투정과 못된 행동으로만 표현했던 부끄러운 기억이 있다. 다른 자식들은 다 객지로 보내고 달랑 남은 막내아들 놈 때문에 긴 겨울밤 가슴 졸이던 어머니의 기다림은 두고두고 죄송한 마음으로 남아있다'는 이 수필은 어머니의 숭고한 희생적 사랑의 가치를 들려주고 있다.

　사랑은 인위적으로 만들어지지 않는다. 자신도 모르는 사이 마법에 홀린 듯 빠져들고 마는 가늠할 수 없는 의식 너머 블랙홀의 늪에 빠진 허우적거림인 것이다. 때문에 사랑을 위해 자신의 전부를 내어놓을 수 있게 되고 생을 지탱하는 위로와 가치로 삼게 된다. 수필 「종교 같은 사랑」은 그 사랑의 유일성, 사랑의 영원성을 말하고 있다. '이 사람 이외에는 영원히 안 될 것 같다는 단호함이 보태진 외골수적인 사랑의 행보는 실로 아름답다. 그대라야 된다는, 그대라야 이루어질 수 있다는 단호함'을 이 수필은 말하고 있다. 종교 같은 절대적 사랑이다. 이해 타산적이어서 너의 사랑을 나의 사랑을 저울에 달아, 하루 한 날 사랑을 사랑으로 말하는 변질된 사랑에 던지는 뿌리 깊은 메시지이다. '외줄을 타는 심정으로 견뎌 온 사랑은 실체는 있지만, 마음속에서 더 이상은 실존하지 않는 무형의 환영처럼 남아있다'는 이 사랑을 위해 그 사랑도 잊고 싶은 추억이 아니기를 바라고 있다. 세월로 낡아진 인연의 끈처럼 무심하게 끊어져 버린 인연에 대한 바람이다. 주는 사랑의 아름다움을 이 수필은 단호하게 보여준다.

작품해설

초행의 낯섦을 딛고 뱃길 따라 보길도 여행을 이어갔다. 민박을 고집하는 나와는 달리 깨끗한 펜션이나 모텔을 원하는 아들과 이견도 있었지만 한 이불속에 잔다는 기쁨의 크기가 더 크게 다가왔다. 초등학교 4학년의 제법 성숙한 아들과 뒤엉켜 평온한 잠을 잤다는 행복감이 여행의 피로를 씻어 주기에 충분했다. 여정의 마지막 날 그간 꺼놓았던 휴대폰을 가동시켰다. 어떻게 된 거냐며 무척 걱정했다는 아내의 음성메시지가 들려왔다. 괜한 짓 했구나 싶어 전화를 걸었다. 평소보다 훨씬 애교 섞인 목소리로 아내는 보고 싶다고 빨리 돌아오라며 말끝을 흐렸다. 섬에서의 마지막 여정이 될 아침, 집으로 돌아올 채비를 서두르는 나를 보고 "아버지도 엄마 보고 싶죠"하며 아들 녀석이 웃는다. 그리고는 "난 아버지가 참 좋아요"하는 게 아닌가. 돌아오는 길엔 나도 모르게 운전대에 장단을 맞춰 콧노래를 흥얼거렸다.

　　한동안 머릿속을 지배하며 지치게 했던 모든 일들이 아들과 함께한 며칠간의 여행으로 말끔히 씻어진 듯했다. 복잡한 뇌 회로로 가동되는 인간의 삶의 질은 서로 이해하고 배려하는 가족의 사랑으로 치유되는 게 아닌가 싶다. 그간 알게 모르게 나와 그리고 타인에게 받은 스트레스로 인해 방전되었던 나의 의식은 '보고 싶다'는 말 한마디, '아버지가 최고'라는 한마디에 힘찬 엔진음을 내며 달리는 자동차처럼 삶의 배터리에 충분한 사랑을 충전해 온 소중한 시간이었다.

수필 「삶의 충전」 중에서

　　부모의 눈에 비친 자식은 늘 부족해 보이고 불안해 보인다. 막내로 자라온 식구의 사랑을 독차지하고 자란 터여서 나의 역할이 무엇인지를 알고 웃음꽃을 피우는 재롱을 곧잘 떨며 지냈다. 어려서부터 눈치 하나는 빨랐던 모양인데 우리 집 화초도 눈치 하나는 백단은 되는 듯싶다. 요구사항이 있을 때의 말투와 행동을 적절히 구사하고 협상의 문에 아비를 곧잘 끌어들이는 거로 봐서 공부는 안 되더라도 사회성은 일품일 것 같다. 사교성도 남달라 또래들이 모이는 장소에 가면 빠른 시간 안에 쉽게 세를 규합해 리더가 되어 놀고는 한다.

　　화초가 지녀야 할 제일 덕목은 품격이다. 말을 할 수 있고 없음과 행동할 수 있고 없음의 차이는 있다. 그러나 표현이 건네주는 그들의 위력은 크기나 모습에 상관없이 마음을 녹이고 기대와 기쁨을 한껏 취하게 해준다는 공통점이 있다. 꽃 피기를 기다리며 양분과 정성을 주고 기다림이라는 인내를 배우게 한다. 그러면 그들은 반드시 짧지만, 환호가 섞인 소박한 행복의 탄성을 지르게 해준다. 그와 반대로 마음속 화초는 정성을 들이는 기간이 무한하다. 평생을 간다 해도 과언은

*아니다. 어려서는 먹여주고 입혀주고 하지만 장성해서까지 걱정을 동반하는 게 마음속에서 자라
는 화초 즉 자식인 것이다. 온 힘을 쏟아붓는 사랑이 있어야 곱게 자라 한없는 기쁨을 주게 된다.
손길을 바라는 베란다의 화초나, 클수록 손길을 거부하는 자식이나 보살핌의 마음이 애틋해야 세
상에서 가장 사랑스러운 화초가 된다는 진리를 얻게 된다*

수필 「마음속 화초 가꾸기」 중에서

수필 「삶의 충전」은 일에 바쁜 아내를 두고 아들과 함께한 여행으로 가족의 사랑을 확인하게 되는 가장의 행복이다. 가파른 능선을 오르듯 삶이 권태로움으로 가득할 때, 아내와 아들이 시한폭탄처럼 불만으로 가득할 때 극단의 조치로 원활한 생활을 위한 재충전의 시간이 필요했다. 단기 방학을 맞은 아들과 2박 3일의 여행을 떠나기로 한 것이다. 보길도를 가기 위해 서해안 고속도로를 달려 함평 나비축제를 관람하고 아들과 함께한 이불 속의 훈훈한 밤을 보낸다. 코펠과 버너를 꺼내 고속도로변 정자에서 라면을 끓여 먹는 부자의 모습은 소원했던 서로의 거리를 한층 따뜻하게 한다. 그리고 여행 중 꺼놓았던 휴대폰을 가동시켜 아내의 음성메시지를 확인하며, 평소보다 훨씬 애교 섞인 목소리의 아내로부터 보고 싶다고 빨리 돌아오라는 말을 듣게 된다. 또한 섬에서의 마지막 여정의 아침, 아들은 "난 아버지가 참 좋아요."라는 말을 들려준다. 이처럼 아내와 아들의 사랑을 재확인하게 되는 과정이 이 수필의 핵심이다. 돌아오는 길 운전대에 장단을 맞춰 콧노래를 흥얼거리는 화자의 모습으로 가족은 서로가 소중한 존재임을 확인하고 있다.

수필 「마음속 화초 가꾸기」는 아들 가꾸기의 어려움을 담고 있다. 부부의 외아들에 대한 사랑과 성장에 대한 관심이 여느 부모에 못지않은 점을 여러 수필 속에서 확인하게 된다. 늦은 나이에 얻게 된 소중함이 화자의 삶 속 어느 부분도 떼어 놓을 수 없는 삶의 이유라는 생각이다. 세상 모든 부모가 지닌 자식 사랑이겠지만 전영구 수필 속 아들의 존재는 남다른 데가 있다. 훌륭한 아버지의 전형이 아닌가 싶다. 이 수필의 사실성으로 보

작품해설 |

면 화자는 아파트 베란다에서 키우는 화초에 기쁨을 느낄 만큼 '화초 가꾸기'에 자신을 지니고 있다. 그러나 '마음속 화초'는 아들의 또 다른 이름이다. 사랑과 관심을 늦추지 않고 보여주어 가꾸는 어버이의 마음이다. '베란다의 화초 기르기는 성공을 했지만, 마음속의 화초인 아들에게는 아직 세심하게 물을 주며 정성을 쏟는 중이다. 집안에 없어서는 안 될 양념 같은 존재로 자라 기쁨은 주고 있지만 여러 가지로 아비의 욕심에 부응하지 못해 때로는 채찍과 당근을 가려 주면서 멋진 사내로 자라기를 바라고 있다'는 것이다.

수필은 쉽고도 어려운 문학 장르라는 생각을 한다. 물론 어느 장르이거나 쉽다는 말은 할 수가 없다. 다만 자신이 체험한 일을 사실적으로 서술하는 게 수필이 아니겠는가 하는 섣부른 접근은 오산이라는 것이다. 신변잡기라는 잡사에 빠질 수 있는 이야기 문학이 수필을 자기도취에 밀어 넣을 수 있다는 일이다. 하나의 사실 체험이 내 개인적인 이야기에서 독자의 감성과 지성을 깨울 수 있는 감동으로 확대되었을 때 수필은 수필문학이라는 작품성으로 완성될 수 있다. 쓰는 이의 알몸을 깡그리 벗어내는 수필문학은 그만큼 조심스럽게 세상과 만나는 걸음이 필요하다. 그만큼 진실한 삶을 바탕에 두어야 그 영혼으로 빛을 수 있는 자연한 이야기들과 만날 수 있어 쉽지가 않다. 오죽하면 선비의 문학이라고 했을까 싶을 때가 있다.

오늘 첫 수필집 「뒤 돌아보면」을 상재하는 전영구 수필가의 이야기는 한국문인협회 기관지 월간문학 신인상 수필부문에 당선되고 출간한 첫 작품집이어서 기대와 관심을 모으게 한다. 이제껏 12년이 넘는 시간 동안 4권의 시집을 출간할 만큼 부지런한 詩歷을 쌓아오다가 뒤늦게 수필문학의 매력에 빠졌다는 말을 듣고는 믿기지 않았다. 그러나 이제 수필 문단에 새로운 이름을 올리고 본격적인 문학수업에 매진하게 되어 한국문인협회 수필분과 회장을 맡고 있는 사람으로 좋은 수필가 한 사람을 만나는 기쁨이 적지 않다. 수필집 총 55편의 수필 중 감동적인 울림의 수필이 적지 않아 독자의 사랑을 받을 듯싶다. 애초에 쌓아오던 시문학 작업이나 새로운 명패를 달게 된 수필문학 작업이나 두루 최선을 다하는 문학수업의 영봉靈峰으로 삼고 최선을 다해주기 기대한다.

뒤틀어보면

전영구 수필집